Cécile MA

Les Mutiiees de Villefranche

Pour son premier roman, Cécile Mauclair nous emmène dans la région de Villefranche-de-Conflent, au cœur de la fameuse cité de Vauban pour une enquête haletante, inattendue, servie par des personnages, tranchants et mystérieux. Un polar sombre, au déroulement imprévisible, mettant en scène une famille déchirée par son histoire.

À Cyril, Olivier, Noémie, David, Thomas, Pierre et Éloïse pour leur patience et leur soutien.

À mes parents, famille et amis, pour leurs encouragements.

1. Jules et les siens

Le commandant Jules Drumond faisait partie de la gendarmerie nationale. C'était un quadragénaire aux yeux bleus, cheveux bruns et à l'allure très soignée. Il était plutôt bien bâti et tenait à être rasé de près.

Sa femme Myriam, de petite taille, fort belle elle aussi, avait une longue chevelure rousse et de beaux yeux verts. Ils habitaient dans un chalet en bois style canadien, construit avec de gros rondins de bois et joliment décoré avec des couleurs chaudes. Des rideaux typiquement montagnards recouverts de cœurs apportaient une petite touche de bonheur. De vieux meubles campagnards acquis en brocante s'accordaient très bien avec la structure du chalet.

Lia âgée de deux ans et Lucie de quatre ans étaient le fruit d'un beau mélange, l'une rousse et l'autre brune. Ces deux petites friponnes avaient deux facettes, tantôt attendrissantes, tantôt elles pouvaient faire tourner leurs parents en bourrique ! Lucie prenait un malin plaisir à cacher les jouets préférés de Lia juste pour la faire enrager. Elles avaient chacune leur chambre à l'étage, aménagée dans un style princesse et prince charmant. Dans leurs armoires, différents déguisements féeriques étaient rangés par thèmes. Jules prenait plaisir à revêtir ces costumes pour s'inventer tout un monde avec ses deux petites merveilles...

Leur cocon familial était un vrai petit havre de paix situé au milieu d'une clairière entourée d'une forêt fournie aux multiples essences. On pouvait y trouver des chênes verts et des chênes pubescents. Dans cette région, la bio-diversité dépend fortement de l'altitude. Il suffisait également d'être patient pour voir apparaître des animaux typiques de la région comme le sanglier, le lièvre, le cerf, la rosalie alpine (insecte des hêtraies), le desman des Pyrénées appelé aussi le rat trompette... Mais ce que la famille Drumond préférait par-dessus tout, c'était d'observer les différentes espèces d'oiseaux, l'aigle botté, le crave à bec rouge...

Dès qu'elle le pouvait, Myriam immortalisait tout ce qu'elle voyait dans son jardin, en prenant des photographies. C'était une façon pour elle d'extérioriser ses angoisses. L'idée de publier ces trésors de la nature lui était venue plusieurs fois à l'esprit.

Blottis l'un contre l'autre, Jules et Myriam adoraient contempler le lever et le coucher de soleil, c'était un spectacle splendide aux différentes couleurs. Cela permettait de temps en temps d'oublier les tracas quotidiens et de passer tout deux un moment privilégié.

Une maison seulement était visible à quelques centaines de mètres, suffisamment lointaine pour être tranquille. Un septuagénaire nommé Vincent Bernard y habitait et paraissait serviable et gentil. Il y avait une semaine à peine que toute la famille avait emménagée et avait été accueillie à bras ouvert par ce brave homme. C'était à espérer que cette bonne entente continuerait à travers le temps. La famille Drumond avait volontairement fait le choix de s'installer en contre-bas de Villefranche-de-Conflent, à l'écart de la brigade de gendarmerie. Jules avait besoin de séparer son métier de la vie privée. Il venait tout droit de Chambéry où la vie leur semblait tellement paisible, et une épreuve inattendue les fit venir dans la région.

Trois mois auparavant, il ne restait qu'une solution, demander une mutation dans une autre région pour protéger sa famille, ou rentrer dans un protocole de protection de témoin.

Lors d'une mission d'infiltration dans un gang de trafiquants de drogue, Jules vit son coéquipier Paul se faire tuer d'une balle dans la tête. Ils devaient tous deux récolter un maximum d'informations susceptibles de faire tomber l'ensemble du réseau. Pour cela, ils devaient gagner leur confiance, ce n'était pas une mince affaire ! Cette immersion a duré deux mois.

Malheureusement, un des hommes de ce groupe, nommé Pablo, était loin d'être dupe. En en une seconde le pire arriva. Avant de s'enfuir, il proféra des menaces à l'encontre de Jules, en lui promettant qu'il lui ferait la peau, ainsi qu'à sa famille. L'enquête fut retirée au commandant malgré son désir de rendre justice à son binôme et ami. Elle fut reprise par une autre équipe pour appréhender ces bandits. Jules était désormais trop impliqué émotionnellement, et surtout il n'avait plus aucune couverture, il pouvait se faire repérer par le biais des médias ou tout simplement par Pablo et son gang.

Par le passé, de nombreuses opérations de protection avaient échoué. Il préféra avec sa femme, prendre la décision de rester libre en changeant de brigade, de ne pas avoir une vie de fugitif et d'offrir une hygiène de vie correcte à leurs enfants. Myriam comme Jules savaient pertinemment que tôt ou tard, l'assassin de Paul se tiendrait devant eux et mettrait ses menaces à exécution. Ils feraient bien évidemment de leur mieux pour se défendre. Myriam s'entraînait régulièrement à tirer sur des boites de conserves tout au fond de leur terrain.

Ce fut un crève-cœur de partir de la région savoyarde, leurs parents et amis étaient tous là. Jules espérait que Pablo ne s'en prendrait jamais à eux. Cependant, un petit détail changea, leur nom de famille ! La famille Potier se transforma en Drumond, c'était un petit subterfuge pour être retrouvé moins vite.

2. Le 7 août 2020

Aujourd'hui chez la famille Drumond, tout le monde dort du sommeil du juste ! Il est six heures à peine et le téléphone sonne !

—Chérie, réveille-toi, grommela Myriam, ça doit être ton boulot !

—D'accord…, allô ? Répondit Jules à moitié réveillé.

—Bonjour mon commandant, capitaine Alex Curtis à l'appareil. Nous avons besoin de vous pour un homicide au Fort Libéria, la victime a été retrouvée à l'entrée du souterrain. Le plus rapide, c'est de prendre la route nationale, vous verrez. Faites attention, en montant le col, les chemins deviennent de plus en plus sinueux.

—OK, je serai là d'ici trente minutes.

—Le devoir m'attend ma puce, ma première journée commence sur les chapeaux de roues. Dit-il à Myriam.

Jules qui aimait tant son apparence, prit tout de même le temps de se doucher, se raser et de choisir une tenue présentable et tout cela en cinq minutes. Il se disait que le cadavre se fichait pas mal qu'il arrive le plus vite possible.

Jules avait parfois de l'humour noir ! Il attrapa au passage un morceau de tarte qui n'attendait que lui dans le frigo !

Jules ne connaissant pas encore tous les recoins de la région, il se servit de son GPS pour trouver son chemin même si celui-ci n'était pas bien compliqué et indiqué tout au long de la route. Fort heureusement il était muni d'un 4 × 4 dernier cri, avec une carrosserie impeccable. Elle ne le resterait d'ailleurs pas longtemps à cause de la route de montagne. Plus il approchait de sa destination et plus le chemin devenait poussiéreux, cabossé et tortueux. Il profitait quand même du paysage, de nombreux ravins se dessinaient tout autour, par chance il aperçut une biche qui passa furtivement suivie de son faon. La nature là-bas offrait facilement de beaux spectacles.

En à peine dix minutes, le commandant arriva à destination. Il fallait quand même avoir de bonnes chaussures de randonnée pour arriver en haut du fort. Avec la précipitation, il avait omis ce petit détail. Il prit tout de même une paire de bottes en caoutchouc qu'il laissait toujours dans son coffre de voiture en cas de pluie. Il ne voulait surtout pas abîmer ses superbes chaussures en cuir véritable. Quand il devait courir après des malfrats, Jules s'arrangeait toujours pour déléguer cette tache à son binôme.

Deux gendarmes étaient postés en contre-bas du Fort Libéria, pour dissuader les petits curieux !

— Halte monsieur, vous ne pouvez pas passer, le fort est momentanément fermé !

—Bonjour, dit-il tout en exhibant sa carte de gendarmerie, je suis le nouveau commandant, Jules Drumond. Pouvez-vous m'indiquer où se trouve le corps ?

—Oui mon commandant ! Pardon, nous ne savions pas qui vous étiez. Répondirent-ils au garde à vous. C'est tout en haut, au bout du chemin à droite. Toute l'équipe de la scientifique est présente et n'attend plus que vous. La victime a été retrouvée à l'intérieur du souterrain qui est relié à la ville.

—Merci, je compte sur vous pour que personne ne passe, restez attentifs au moindre détail, et faites-moi un rapport !

—Oui mon commandant ce sera fait.

Jules rebroussa chemin pour poser une question supplémentaire aux deux gendarmes.

—Encore une chose, qui a trouvé la victime ?

—La victime a été retrouvée par le gardien du Fort mon commandant. Comme tous les jours, il faisait son petit tour par les souterrains pour voir si tout allait bien, et c'est de cette manière qu'il fit cette macabre découverte, mon commandant.

—Est-il toujours là ?

—En ce moment même, il est interrogé par le capitaine Curtis et le pauvre homme ne se sent pas bien.

— Merci pour toutes ces précisions.

Le paysage était luxuriant, avec un ciel dégagé, la montagne du Canigou était visible au lointain avec son sommet enneigé. Tout en grimpant Jules se remémora un jour où il discutait au marché avec un ancien du village. Celui-ci lui expliquait qu'elle était sacrée pour les Catalans. Et que l'origine de la dénomination Pyrénées venait de l'antiquité. Le vieil homme raconta que le Canigou à lui seul représentait les Pyrénées. Les navigateurs Romains, Phéniciens et Grecs qui naviguaient à l'époque l'aperçurent de la baie de Rosas au golfe du Lion, c'était un repère de premier ordre. Le Canigou serait lié au mythe de Pyrène, la citée disparue située suivant les thèses au Cap de Creus.

Il lui raconta une des nombreuses légendes au sujet du Canigou. L'une d'elles rapporte qu'un village aurait été englouti dans un étang près du sommet du Canigou. Il s'appelait Balatg et on dit que ce lieu hors du temps erre dans la forêt. Aujourd'hui Balatg est une sapinière escarpée dans laquelle les vieux sapins dominent.

Tout en rêvassant, Jules voyait les premiers rayons du soleil faire timidement leur apparition. Il pouvait voir et entendre les oiseaux voler et chanter, une odeur agréable de sapin se diffusait. Des gouttelettes scintillaient sur toute la végétation. Tout en marchant Jules se demandait, un peu angoissé, ce qu'il allait trouver au pied du Fort. Il s'imprégnait encore du paysage pour faire le plein de positivité et espérait secrètement que ce moment ne s'arrête jamais. Il n'avait eu aucun détail au sujet de cette personne retrouvée morte. Il arriva enfin en haut du Fort après avoir pris une bonne bouffée d'oxygène.

Le capitaine vint à la rencontre de Jules et commença :

—Bonjour je suppose que vous êtes le commandant Jules Drumond ? Enchanté, capitaine Curtis. J'interrogeais justement le gardien, monsieur Henry Grail.

Jules aimait faire croire qu'il était strict mais en réalité c'était un joyeux luron !

—Et qu'avez-vous appris ? Demanda le commandant.

—Comme à son habitude, le gardien faisait sa ronde avant l'arrivée des touristes. Et c'est à ce moment-là qu'il a découvert le corps. J'espère que vous avez le cœur accroché parce que la scène est assez violente je vous préviens, le gardien en tremble encore. À ce sujet il serait peut-être bien qu'il voit le psy de la gendarmerie. Je pense qu'il n'est plus en mesure de dire quoi que ce soit.

— Faites le nécessaire, c'est certain il est choqué. C'est plus sage de le laisser tranquille, même après avoir travaillé plusieurs années au sein de la gendarmerie, je ne m'y habituerai jamais. Affirma le commandant Drumond.

En arrivant dans le souterrain, il constata que la scène de crime avait été méticuleusement sécurisée par des techniciens. Les experts prenaient des photos sous tous les angles, on pouvait entendre raisonner le moindre bruit contre les parois rocheuses, l'ambiance était assez glauque. C'était une vision d'horreur, il y avait de nombreuses projections de sang éparpillées du sol au plafond. À cause du lieu exigu, on pouvait sentir une odeur nauséabonde, de toute évidence le corps se tenait là depuis un certain temps et cela restait à déterminer par le médecin légiste.

L'interminable souterrain était connu pour ses 734 marches de marbre rose sous une voûte de pierres taillées. Quel spectacle lugubre dans un si bel endroit. Une femme, gisant dans une flaque de sang, avait le visage littéralement massacré. Jules était sur le point de vomir quand un homme attira son attention. Il s'en approcha discrètement pour l'interroger.

—Bonjour, je suis le commandant Drumond. Je suppose que vous êtes le médecin légiste ?

—Bien observé ! Jean Gagne, bienvenue dans l'équipe.

Jules tenta de faire une blague qui n'amusa que lui.

—J'espère que votre nom de famille vous porte chance ? Blague à part, que pouvez-vous me dire sur la scène de crime ?

—Vous êtes un petit marrant le nouveau, on va bien s'entendre, ce métier est tellement morbide. S'exclama le légiste. Donc, pour en revenir à nos moutons, c'est une jeune femme de type caucasien, la mort remonte environ à vingt-trois heures hier soir. On peut déterminer l'heure grâce la rigidité cadavérique. On n'est pas dans un cas de décomposition, où le corps se ramollit et se putréfie

Les nausées de Jules commençaient à réapparaître suite au rapport du légiste. Ce qui d'ailleurs ne passa pas inaperçu.

— Dites donc vous êtes tout pâle commandant, respirez-moi ça, ce sont des huiles essentielles. Vous verrez vous vous sentirez mieux instantanément. Conseilla le légiste.

Jules ne se fit pas prier il arracha le flacon d'huiles essentielles au docteur puis l'inhala copieusement.

—Merci Dr Gagne, je me sens mieux, c'est miraculeux. D'après vous quelles sont les causes de la mort ? Reprit le commandant.

—À première vue, la nuque est brisée, on peut voir distinctement qu'elle a été étranglée à l'aide de gants. Et croyez-moi ce n'est pas la première fois que je constate cela, on ne retrouvera pas d'empreintes digitales au prélèvement. Son agresseur lui a asséné plusieurs coups au visage post mortem, probablement à l'aide de cette pierre décrochée de la paroi, retrouvée juste à côté ! Pour moi, c'est de l'acharnement qui relève de la psychiatrie. Celui ou celle qui a fait ça est complètement taré ! Affirma le légiste.

— Le profil psychologique du tueur est compliqué, il rend sa victime méconnaissable mais pour autant lui laisse tous ses effets personnels, pour que l'on puisse l'identifier. C'est vachement tordu. Fit remarquer le commandant.

—Regardez, reprit le Dr Gagne, ce collier a été mis à son cou post mortem, et il n'y a aucune projection de sang dessus ! En plus, le coupable n'est pas très fin, on peut remarquer plusieurs traces de pas tout autour.

— Quel crétin ! Et tant mieux à la fois, cela nous laisse une ouverture pour le coincer en retrouvant la marque et la pointure des chaussures. Il doit être distrait ou bien c'est volontaire pour que l'on retrouve sa trace. Affirma Drumond.

— Alors je penche pour la deuxième hypothèse, on a effectivement retrouvé tous ses effets personnels à proximité. Regardez – il déplia un portefeuille – Elle se nomme Pauline Leroy, âgée de quarante ans, native du coin. Restauratrice de vieux monuments, elle était connue et appréciée de tout le village, et mignonne par-dessus le marché ! Je la connaissais. Quel dommage !

— Pour finir, reprit le légiste, on peut observer, que quelqu'un lui a coupé une grosse mèche de cheveux, hypothèse de ma part mais c'est certainement une sorte de trophée ! Bon sang, on a peut-être affaire à un tueur en série !

—Qu'est ce qui vous fait dire ça ? demanda le commandant.

—Cet homicide ressemble incroyablement à deux autres, qui ont eu lieu, de mémoire l'été 2000 et l'été 2010. Jusqu'à maintenant, je n'avais fait aucun lien. J'étais d'ores et déjà dans la région, j'ai pu autopsier chacune des victimes ! Car oui, elles étaient toutes des femmes !

— Sans vouloir vous commander, continua le légiste, cela vaut le coup de reprendre ces vieux dossiers classés sans suite, après ce n'est qu'un conseil. Je me souviens que le commandant qui vous précédait me parlait de disparitions de femmes qui ont eu lieu dans la région et qui demeurent inexpliquées. Il y en a eu plus d'une vingtaine je crois ! Le ou les coupables courent toujours tout en vivant incognito ! Cela flanque la chaire de poule. Je peux vous être d'une grande aide, je connais la plupart des gens ici, c'est une petite commune. Termina le Dr Gagne.

—Je n'hésiterai pas si j'ai besoin de vous Docteur Gagne.

— On tient quelque chose avec les traces de pas dans le sang, affirma Jules en s'adressant aux techniciens.

— Passez-moi toute la zone au peigne fin ! Reprit Jules. Je veux coincer cette ordure. On n'a le droit à aucune erreur. Il faut mettre tous les hommes possibles sur le coup.

Les releveurs d'indices, munis d'une combinaison intégrale, venaient chercher, relever, photographier et numéroter chaque élément. Ils étaient également venus pour dessiner la scène de crime avec précision, pour pouvoir reporter la position de la victime, les indices et les voies d'accès. Pour obtenir de bons résultats, toutes ces étapes étaient nécessaires. La tension était palpable, aucun loupé n'était envisageable.

De nos jours, on accomplit des miracles avec les nouvelles technologies. Toute cette procédure permet par la suite, d'accomplir une modélisation 3D sur ordinateur, qui permet plus facilement aux enquêteurs, d'interpréter tous les éléments recueillis.

Jules devait être très réactif quant aux décisions à prendre pour le bon déroulement de l'enquête.

—Je vais demander l'autorisation d'une autopsie médico-légale, je dois obtenir absolument l'aval du magistrat du parquet ! Poursuivit le commandant Drumond.

—Bien, normalement, vous aurez le top départ assez rapidement, le parquet ne rigole pas avec ce genre d'affaire ! Vous pourrez assister à l'autopsie et constater par vous-même ! Faites-moi signe quand vous aurez du temps, vous saurez où me trouver. Tout le monde le sait, ma deuxième maison c'est l'institut médico-légal. Déclara Docteur Gagne en rigolant.

— De toutes les manières, le corps va automatiquement à la morgue, pouvez-vous commencer l'autopsie avant l'autorisation ? Nous manquons de temps. Supplia Jules.

— Je suis désolé c'est non, je risque de me faire virer. Ne stressez pas mon grand, vous l'aurez rapidement votre autorisation.

— Je comprends merci Docteur !

Jules était un peu contrarié, mais il essayait de le cacher.

— Curtis, avez-vous prévenu les parents de la victime ? Demanda Drumond.

— Non, j'étais bien occupé.

— OK suivez-moi, repris son supérieur. Il faut absolument les prévenir et puis les interroger dès que possible, on doit tout savoir. Entre autres quelle personnalité avait leur fille On le sait, souvent les meurtres sont commis par les proches.

— Curtis, repris Jules, connaissiez-vous Pauline ?

— Bah... oui de vue, un beau petit bout de femme ne passe pas inaperçu ici.

Le commandant prit son téléphone pour trouver l'adresse des parents Leroy.

— J'ai trouvé, les parents Timothé et Marie

Leroy habitent au vieux village de la station thermale de Vernet-les-Bains, à 4,5 km. J'aurais bien besoin d'une petite cure, moi ! Dit le commandant en rêvassant.

— Quand l'enquête sera bouclée, je vous inviterai parce que j'en ai bien besoin aussi. Affirma Curtis.

— Bon, au travail alors, j'ai hâte de boucler cette affaire. Répliqua Jules en se frottant les mains de plaisir.

Le temps du trajet, Jules ainsi qu'Alex Curtis rêvassaient. La station thermale se trouvait au pied du massif du Canigou au cœur du Parc Naturel Régional des Pyrénées Catalanes. Travailler dans ce cadre idyllique les aidaient un instant à oublier cette scène de terreur, Pauline ensanglantée ! Plus ils s'approchaient et plus on pouvait apercevoir un parc naturel aux diverses essences. La tour du château et l'église Saint-Saturnin dominaient leur vieux village aux magnifiques ruelles pavées. Il se dégageait comme une odeur et une ambiance de vacances.

Curtis essaya de faire la conversation en

racontant une légende de la montagne du Canigou que Jules ne connaissait pas encore.

— Décidément c'est une manie chez les Catalans de raconter des légendes à tout bout de champ ! Déclara Jules.

— Je me tais si cela vous dérange commandant, les légendes font juste partie de notre patrimoine alors nous en sommes très fiers. Dit-il un peu blessé.

— Non, continuez cela m'intéresse, c'est juste que vous êtes la deuxième personne en moins d'une semaine qui m'en raconte une et c'est très surprenant. Se rattrapa Jules.

Curtis très enthousiaste commença son récit.

— Celle que je préfère se nomme, « À l'assaut du royaume des cieux ». Une ancienne du village me la racontait quand j'avais dix ans. Cette légende date sûrement de l'antiquité. C'est l'histoire de sept hommes gigantesques qui tentèrent de détrôner Dieu de son royaume en se hissant sur le Canigou. Ces géants remontaient les vallées, poussant d'énormes rochers et déchaînant treize vents. Leurs haltes se signalaient d'une pierre levée. C'est ainsi que les anciens expliquent la présence de nombreux dolmens dans les contreforts du Canigou, une centaine au total, percés d'étranges trous. Et là vient la partie que je préfère. Peu à peu, ils se rapprochaient du ciel en accumulant les rochers et en les hissant sur les sommets. Ils allaient atteindre le ciel quand Dieu les foudroya et les transforma en une immense pyramide rocheuse. Appelé aujourd'hui la chaîne des sept hommes. Ce sommet est l'un des voisins du pic du Canigou.

— Merci Curtis c'est une belle légende, il faut que vous veniez la raconter à mes filles. Je suis certain qu'elles seront émerveillées.

— C'est quand vous voulez commandant, j'aime les enfants.

Avec le talent indéniable de narrateur que Curtis possédait, ils arrivèrent à destination en un claquement de doigt, comme si le temps s'était accéléré.

Les parents de Pauline habitaient à l'entrée de ce vieux village, dans une jolie maison ornée de pierres typiques de la région. Prévenir la famille d'un décès, n'était jamais une partie de plaisir.

Une sonnette retentit chez la famille Leroy.

— Timothé et Marie Leroy ? Votre fille se nomme-t-elle Pauline ? Demanda le commandant.

— Oui c'est ça.

— Commandant Drumond et Capitaine Curtis, Gendarmerie Nationale ! En exhibant leurs cartes. Nous avons malheureusement une mauvaise nouvelle. Pauline vient d'être retrouvée morte au Fort Libéria.

Marie s'effondra tant ce fut brutal, les trois hommes eurent juste le temps de la rattraper avant que sa tête ne heurte le sol. Il fallut l'allonger un bon moment sur le canapé. Timothé, était tellement sous le choc, qu'il lui fallut dix bonnes minutes pour avoir une quelconque réaction. C'était comme s'il n'entendait plus rien. Il reprit subitement ses esprits ou du moins suffisamment pour poser des questions aux enquêteurs.

— Oh non, sanglotait Timothé, êtes-vous certain que c'est ma petite fille chérie ?

— Oui monsieur, je suis navré, déplora

Curtis.

— Mais Dieu tout puissant de quoi est-elle morte ? Et vous me dites qu'elle a été retrouvée au fort ? Que faisait-elle là-bas ? Quelqu'un lui a fait du mal ? Tout le monde aimait ma petite chérie.

Tandis que les questions s'enchaînaient, Marie se réveilla tout doucement et prit conscience de la situation. Son cœur commença à palpiter anormalement. Elle fut envahie d'une panique extrême.

— Je veux voir Pauline tout de suite ! Sanglotait-elle.

— Cela ne sera pas possible madame, coupa le commandant. Pas avant deux ou trois jours et nous devons malheureusement vous poser quelques questions. J'ai bien conscience que c'est difficile pour vous, mais le moindre détail nous aidera à comprendre et appréhender son agresseur.

— Comment ça son agresseur ? Hurla Marie.

— J'allais justement l'expliquer à votre mari, reprit le commandant. Je suis sincèrement désolé pour vous mais Pauline a été retrouvée étranglée et défigurée.

Un cri déchirant se fit entendre, Marie et Timothé se prirent un deuxième coup de massue. C'était le comble de l'horreur, Pauline massacrée par un détraqué. Ses parents étaient dans l'incompréhension totale, et submergés de tristesse.

— Ma Pauline, dit-elle en pleurant, je ne la reverrai jamais, quelle horreur !

Timothé prit Marie dans ses bras pour la consoler.

— Fernand est-il au courant pour ma fille ? Demanda Marie.

— Et qui est cet homme Madame Leroy ? S'interrogèrent les gendarmes.

— C'est le fiancé de Pauline, déclara le papa. Son monde va s'écrouler, il est si gentil ce petit gars.

— Et où peut-on le trouver ?

— Au village de Villefranche-de-Conflent, dans un petit appartement qu'il partage avec Pauline au-dessus de la pharmacie. Je n'arrive pas à parler d'elle au passé, disait-il en pleurant.

— Je sais que cet interrogatoire est difficile pour vous, mais que pouvez-vous nous dire d'autre sur Fernand ?

— Il se nomme Fernand Bernard, dit Marie. En fait nous ne savons pas grand-chose sur lui, il a rencontré notre fille il y a six mois au marché, il vend des bijoux de sa création en auto-entrepreneur. Cela faisait trois mois qu'il avait emménagé avec notre petit ange.

— Oui et je rajouterai, dit Timothé, que notre petite puce était tombée sous son charme au premier regard. Il est grand et musclé, blond aux yeux bleus, Pauline était également grande et fine, blonde aux yeux bleus ! Un beau petit couple bien assorti !

— Où travaillait Pauline ? Interrogea Drumond.

— Au Fort, expliqua Marie, en ce moment elle restaurait la prison avec toute une équipe. Elle travaillait sérieusement vous savez, et méticuleuse en plus.

— Quels rapports aviez-vous avec Pauline ? Demanda le capitaine Curtis.

— Nous étions en très bons termes avec elle,

c'était notre seule enfant. Répondit Marie

— Juste question de procédure, poursuivit le commandant, mais où étiez-vous hier soir ?

— Vous n'y pensez même pas, s'offusquèrent les Leroy, vous nous soupçonnez d'avoir tué notre propre fille ?

— Rassurez-vous, je devais vous poser cette question, je vous répète c'est la procédure, rétorqua le commandant.

— Nous étions chez nous devant la télé voilà tout, et nous avons personne pour le confirmer !

— Merci c'est amplement suffisant, nous avons assez abusé de votre temps, intervient Curtis, et toutes nos condoléances.

— Bien entendu, continua le commandant, nous vous tiendrons au courant de l'avancée de l'enquête, merci encore pour votre coopération, au revoir Monsieur et Madame Leroy et toutes nos condoléances encore, pas besoin de nous raccompagner, nous connaissons le chemin.

L'interrogatoire avait été très éprouvant pour la famille Leroy, les gendarmes étaient toujours confrontés à ce genre de situations. Leur rôle était de retrouver les meurtriers et bien sûr ils devaient avant tout faire preuve de compassion !

— D'après vous Curtis, demanda Jules, les Leroy ont-ils quelques-chose à voir avec le meurtre de leur fille ?

— Non pour moi, ils ne sont pas suspects, quel aurait été le mobile ? Et puis, vous avez vu comme moi ils étaient plutôt effondrés et paraissaient sincères, ou bien ce sont de sacrés comédiens !

— Je suis bien d'accord avec vous Curtis, ils n'ont apparemment aucune raison de l'avoir fait.

Sur ces paroles, le commandant regagna sa voiture avec le capitaine tout en s'imaginant que l'affaire allait être extrêmement compliquée.

Pour son premier jour, Jules commençait sur les chapeaux de roues ! Il lui faudrait énormément de courage, de détermination, pour découvrir l'impensable vérité. Heureusement sa femme et ses filles étaient toujours là pour le soutenir. À de nombreuses reprises, il avait eu des hauts et des bas pour construire cet équilibre familial et il y en aurait encore. On dit que derrière un grand gendarme se trouve souvent une grande femme. Myriam prenait énormément sur elle, surtout lorsque Jules rentrait tard. Cela commençait à devenir très éprouvant, mais elle n'arrivait pas à avoir une discussion franche pour trouver un compromis.

Sur le chemin du retour, Jules profita de faire un petit crochet chez lui pour embrasser sa femme, ses filles et s'excuser de devoir rentrer tard dans la soirée. Parfois le simple fait d'avoir de petites attentions pour les siens, lui permettait de déculpabiliser, Lia et Lucie n'avaient pas encore la notion du temps, et à cet âge la qualité prime sur le temps.

— Venez avec moi Curtis.

— Coucou mes chéries, dit Jules, je suis accompagné du Capitaine Curtis. Dites-lui bonjour.

— Bonjour Capitaine Curtis, dirent Lucie et Lia.

— Qu'elles sont choux ces petites, je craque ! Rétorqua Alex Curtis.

— Nous passons en coup de vent, j'ai juste

cinq minutes à vous consacrer, je viendrai vous faire de gros bisous ce soir et soyez sages avec maman. Je vous promets une grosse récompense à la fin de cette enquête si vous aidez bien maman. Et surtout, surveillez-la bien au cas où elle fasse des bêtises en mon absence, dit-il en rigolant et en faisant un gros clin d'œil.

— On t'aime papa d'amour, crièrent en chœur Lia et Lucie.

— Moi aussi mes beautés, merci pour ta patience Myriam, ne m'attend pas pour manger ce soir… Je t'aime.

— Je commence à avoir l'habitude, dit-elle d'un ton assez détaché.

Alex Curtis trouvait que la famille de Jules reflétait le bonheur. Cela le laissait rêveur tout au long du trajet. Jules le sortit de ses rêves

—Curtis, vous allez faire de petites recherches pour moi aux archives sur ces deux meurtres dont parlait le Dr Gagne. C'est une bonne piste à explorer. Retrouver cet individu qui sévit probablement depuis longtemps est désormais notre priorité ! Et moi je me charge dans un premier temps de faire des recherches sur ce Fernand. On avisera selon les résultats.

— J'ai la niaque mon commandant, on va y arriver, en plus j'ai beaucoup de temps à tuer, je suis célibataire en ce moment. Si par la même occasion, je peux obtenir une promotion à l'issue de cette enquête, je ne serai pas contre, dit-il en souriant.

— L'espoir fait vivre mon vieux, rétorqua Jules en souriant.

— Chouette c'est sympa, je prends ça pour un oui. Répondit Alex avec autant d'humour !

En arrivant à la brigade, le commandant fut agréablement surpris par la gentillesse de ses collègues, une banderole « bienvenue commandant Drumond », était suspendue au-dessus de son bureau. Un buffet rempli de milles et une saveur l'attendait au milieu de visages souriants et affables. L'ambiance n'était pas la même lorsqu'il était en Savoie. Jules se sentit rassuré et soutenu, il voyait déjà dans son équipe de quoi affronter cette enquête.

— Merci à tous pour cet accueil chaleureux, s'exclama le commandant.

— J'ai besoin de chacune de vos

compétences pour trouver le coupable, reprit Jules, et ce ne sera pas chose facile, nous avons peut-être affaire à un tueur en série, cela reste bien-sûr à prouver. D'après le légiste il y a deux autres victimes avec le même mode opératoire, on a observé un espace de dix années entre chaque découverte. Nous attendons les résultats des techniciens de scène de crime pour avancer, les indices sont en cours d'analyse. Malheureusement, aucune empreinte génétique n'a été relevée. Nous avons retrouvé des traces de pas dans une flaque de sang qui peuvent nous indiquer la marque et pointure de la chaussure. Il y avait également des projections de sang sur les parois du souterrain.

— En gros on a du boulot, reprit le capitaine Curtis. Avec le commandant nous avons appris des parents de la victime, qu'elle était fiancée à un certain Fernand Bernard âgé de quarante ans, et qu'elle restaurait la prison du fort avec une équipe composée de trois personnes.

— Curtis, Demanda Jules. Avec un coéquipier de votre choix, vous ferez comme prévu des recherches aux archives pour éplucher les compte-rendus d'autopsie des deux autres victimes. Des faits remontant à l'été 2000 et l'été 2010. Je me renseigne sur la vie de Fernand. Bon courage à tous.

— C'est bon mon commandant, vociféra un gendarme à l'accueil, on a le feu vert pour l'autopsie.

— Super, je fonce à l'institut médico-légal.

Malgré plus de vingt ans de métier, Jules redoutait toujours autant d'assister à une autopsie. Pendant vingt ans de carrière, il en avait vu des vertes et des pas mûres ! Toutes ces images horribles défilaient sous forme de cauchemars. À deux reprises, cela avait fini par un malaise vagal ! Il fallait avoir l'estomac bien accroché pensait-il, tout en conduisant vers l'institut. En arrivant, le commandant commença à se crisper.

— Ah... voilà le commandant, s'écria le légiste, la petite est prête et mon assistant et moi-même n'attendions que vous ! Par contre je vous conseille d'enfiler une blouse, ça risque de gicler sur votre jolie veste commandant.

— Quelle délicate attention, vous êtes un

père pour moi, répondit Jules avec ironie .

— Allez, trêve de plaisanteries au boulot.

— Faites donc je suis attentif.

Le Dr Gagne commença par ouvrir la cavité thoracique, l'abdomen, puis la région cervicale. Il termina par la boîte crânienne.

— Vous n'allez pas me faire un malaise tout de même ?

Jules avait sa fierté et ne voulait pas que le légiste le voit malade. Il voulait être perçu comme un individu qui ne vacille jamais face à n'importe quelle situation.

— Bien sûr que non, répondit-il en tremblant.

— J'insiste, prenez c'est le même flacon d'huiles essentielles que tout à l'heure.

— Merci ce n'est pas de refus, puis-je le garder pour une prochaine fois.

— C'est cadeau. Répondit le Docteur de bon cœur.

Jules s'empressa d'inhaler le flacon d'huiles essentielles.

— Je vais mieux, on peut continuer. Jules ne faisait pas le fier.

Le docteur Gagne poursuivit son analyse

— Tout me parait normal à première vue. Le cœur, les poumons ainsi que les intestins sont en bonne santé, l'estomac lui contient tout un repas ingéré hier soir, sentez... ! Le docteur lui tendit un récipient contenant les restes du repas de la veille !

— Bon sang, vous avez un drôle d'humour.

— Pardon commandant, il faut bien que je me marre un peu, vous savez mes patients ne sont pas très bavards donc cela m'arrive d'éprouver de la solitude. De plus c'est une autre manière de confirmer l'heure de la mort.

— Je comprends, ne croyez pas que je sois insensible.

— Il m'en faut plus pour m'offusquer, je mettrai ma main à couper qu'elle est allée manger au restaurant du village chez Judith et Gérard.

— Vous êtes balaise pour en arriver à de telles conclusions, s'exclama le commandant, êtes-vous extralucide et allez-vous me sortir une boule de cristal ?

— Ah je retrouve mon cher commandant

blagueur ! reprit le légiste avec une pointe d'humour. Dans la région, on a des spécialités culinaires et il n'y a qu'un seul endroit où l'on peut les trouver, rien qu'à l'odorat je peux sentir certains légumes utilisés comme dans l'escalivada. C'est un plat à base de poivrons rouges, aubergines, tomates et oignons marinés dans de l'huile d'olive, par contre pour l'entrée et le dessert, je ne suis par certain. Je vais faire analyser le contenu de l'estomac et il n'y aura plus de doutes.

— Je ne vous demande pas un menu à la carte quand même !

— Très drôle commandant, je suis sérieux en fait, lors de ce genre d'analyse on peut parfois trouver des traces de poison. Sinon, au niveau des cervicales, vous entendez ? La nuque est brisée. Comme je vous le disais ce matin, il y a bien des marques de strangulation mais sans empreinte digitale, son assassin portait des gants, je suis formel.

— Le devant du crâne a bel et bien été défoncé et je ne suis pas surpris, le cerveau est en bouilli. Je ne tente même pas de le retirer, pauvre petite Pauline. J'espère que vous allez me coffrer ce malade. Reprit le légiste.

— Remarquez-vous autre chose sur le corps ? Peut-on écarter l'agression sexuelle ? Demanda le commandant.

— Effectivement il n'y a aucune agression sexuelle Dieu merci ! Elle a bien assez souffert comme ça la petite.

— Merci, je vais donc aller interroger le couple de restaurateurs pour savoir si Pauline y était hier soir, et prévenir la famille qu'on va leur rendre leur fille pour qu'elle puisse organiser la sépulture.

Prévenez-moi lorsque vous aurez les résultats des experts scientifiques.

— Bien sur commandant je vous tiendrai au courant.

Quelle horreur cette autopsie, songeait Jules en regagnant sa voiture. Grâce au remède miracle du Docteur, il avait réussi à garder la face cette fois-ci, et à ne pas partir en courant pour vomir. Cette enquête prenait une tournure glauque et mystérieuse à la fois. Le mobile restait un vrai casse tête.

La piste qu'il devait suivre était celle du restaurant, à savoir si Pauline avait passé la soirée seule, avec des amis ou avec son fiancé. Fernand justement ne s'était toujours pas manifesté auprès des Leroy pour demander où se trouvait sa compagne. Plutôt étrange, à moins qu'il ait disparu pour x raison !

Il activa son Bluetooth pour appeler la famille Leroy, son temps était précieux, l'institut se trouvait à une heure de route de la brigade.

— Allô monsieur Leroy ? C'est encore le commandant Drumond

— Oui je vous écoute, qui a-t-il vous me faites peur ? Avez-vous de nouveaux éléments ?

— Oui, on est quasiment certain que votre fille était hier soir au restaurant du village, savez-vous si elle était avec son fiancé ?

— J'en ai aucune idée, Pauline ne nous racontait pas toute sa vie vous savez.

— D'accord monsieur Leroy, est-ce que depuis notre visite de ce matin Fernand vous a contactés ?

— Non et c'est bizarre qu'il ne s'inquiète pas plus que ça !

— Notre priorité est de le retrouver et de l'interroger. Dès demain matin le médecin légiste va vous rendre Pauline, il en a pris le plus grand soin, encore une fois je suis désolé pour vous. Au revoir monsieur Leroy.

— Merci commandant, n'hésitez pas à nous appeler.

Les parents de Pauline étaient dévastés, le commandant s'était fait la promesse de retrouver le meurtrier de Pauline quitte à y passer des années. En général lorsqu'il enquêtait sur ce genre d'affaire, il ne tardait jamais à la résoudre. Plus le temps passait et plus les chances d'appréhender le meurtrier s'amenuisaient.

Souvent sa femme lui disait qu'il avait sûrement une bonne étoile qui veillait constamment sur ses moindres faits et gestes. Elle connaissait les risques associés à ce métier. Lui, très cartésien, pensait simplement que le fait d'être entouré d'une bonne équipe et de bien faire son travail payait.

Devenir gendarme est une vocation. Il faut avant tout aimer les gens, faire preuve d'une grande abnégation et détermination, avoir un mental d'acier, un self contrôle irréprochable et une bonne gestion du stress, surtout lors de situations d'urgence et périlleuses.

Si Jules ne manquait pas de motivation, il bataillait parfois pour garder son calme. À de nombreuses reprises Jules avait tenté de faire justice lui-même en contournant un peu les règles, et par chance un collègue était toujours dans les parages pour l'empêcher de commettre l'irréparable !

Il tirait plus vite que son ombre, façon de parler bien sûr. C'était tout simplement une tête brûlée.

Le stand de tir était comme un exutoire, il y allait dès qu'il avait le temps. Coaché par son père à l'âge de douze ans, il s'entraînait dans son jardin avec un pistolet à air comprimé, sur de veilles boîtes de conserves. Jules voulait « attraper les méchants » quand il serait plus grand, tout comme son paternel .

Sur le chemin, il en profita pour faire un

crochet par le restaurant de Judith et Gérard.

— Bonjour, commandant Drumond de la gendarmerie, j'ai quelques questions à vous poser.

— Le temps nous est compté, répondit Judith, on est en plein rush pour le service de ce soir. Les touristes sont nombreux à cette période de l'année.

— Je serai bref, reprit Drumond, connaissez-vous Pauline Leroy ?

— Oui tout le monde la connaît par ici, c'est une enfant de la région.

— Pouvez-me dire si elle est venue manger chez vous avant-hier soir ?

— Oui, elle était en bonne compagnie, avec le beau Fernand. Ils habitent à deux pas du restaurant donc ils viennent souvent manger dans notre restaurant.

— Paraissaient-ils heureux ?

— Mais quelle question bizarre…, s'exclama Judith, bien-sûr que oui.

— Je pose cette question car Pauline a malheureusement été retrouvée hier matin assassinée au Fort Liberia, vous êtes certainement les dernières personnes à avoir vu ce couple.

— Oh non quelle horreur, hurla Judith, mais que s'est-il passé ? Je n'y comprends rien !

— Asseyez-vous Madame, je vous trouve bien pâlotte.

Jules saisit le bras gauche de Judith pour l'aider à s'asseoir. Il courut pour aller lui chercher un verre d'eau.

— Je vous remercie jeune homme, ne vous en faites pas, je crois que cela va aller. C'est tout de même choquant, elle était si gentille. Il y a des détraqués dans ce monde qui ne mérite pas de vivre.

— Je suis tout à fait d'accord avec vous. Je ne veux pas paraître insensible mais l'enquête est en cours, je ne peux pas vous donner plus de détails pour le moment. Une question encore, reprit le commandant, vers quelle heure ont-ils quitté le restaurant avant-hier soir ?

— Si je me souviens bien vers vingt-deux heures.

— Merci pour votre coopération, nous vous laissons pour que vous puissiez vous remettre de vos émotions. Au revoir. N'hésitez pas à nous contacter si le moindre petit détail vous revenait à l'esprit.

Judith était abasourdie par cette horrible nouvelle. Elle resta assise un bon moment.

Jules décida de retourner précipitamment à la brigade. Une fois arrivé, il pouvait maintenant passer aux choses sérieuses

— Curtis, dit le commandant, s'il vous plaît venez dans mon bureau, nous devons faire le point en urgence.

Curtis s'exécuta et se demanda ce que Jules avait bien pu apprendre

— On a un énorme problème. Fernand Bernard, le fiancé de Pauline, ne s'est toujours pas manifesté. De plus, je viens d'apprendre des restaurateurs du village que Fernand et Pauline ont mangé chez eux le 6 août au soir et sont repartis vers vingt-deux heures. Pouvez-vous essayer de le joindre sur son portable ? Si vous n'avez pas de réponse, tentez de le géolocaliser et de voir où son téléphone a borné pour la dernière fois, compris ? Pendant ce temps je continue mes recherches sur lui.

— Bien mon commandant, je fais au plus vite.

Un peu plus tard, le capitaine Curtis revint en courant, un peu bredouille.

— Bon sang, il ne répond pas et son téléphone a borné pour la dernière fois à son appartement ce matin et son portable n'émet aucun signal. J'ai pris l'initiative d'envoyer une patrouille à son domicile et rien, pas l'ombre d'un chat ! Que fait-on commandant ?

— Demandez à une patrouille de retourner à son domicile et demandez au concierge de vous ouvrir, j'ai comme un mauvais pressentiment qui me vient d'outre tombe.

— Bien commandant. Vous commencez à me faire peur, de quel mauvais pressentiment parlez-vous ?

— Laissez-moi réfléchir un peu, continua le commandant Drumond, je viens de voir en faisant des recherches informatiques que son père est toujours vivant et comble de l'histoire, il habite près de chez moi ! Et c'est seulement maintenant que je fais je rapprochement. Vous verrez Curtis, quand vous aurez mon âge, on est moins réactif…

— Il s'appelle Vincent Bernard, reprit Jules, et il paraît bien sympathique. Pouvez-vous aller me chercher un geek des écrans pour m'aider à faire des recherches plus rapidement, je suis un peu fâché avec les ordinateurs ?

— J'ai l'homme de la situation : Sylvain. Je vais le chercher, répondit Curtis.

— Bonjour mon commandant, dit Sylvain. -il tapotait frénétiquement sur son ordinateur – Voilà ce que l'on trouve dans les bases de données de la gendarmerie.

— Vincent Bernard est âgé de soixante-dix ans, continua Sylvain. En 1990, le 9 août, il s'était présenté à la brigade en compagnie de son fils, pour déclarer que sa femme Célia Bernard avait disparue depuis au moins trois jours donc le 6 août. Il était venu tardivement, d'après lui, sa femme avait fui le foyer conjugal deux ou trois fois pendant plusieurs jours sans donner de nouvelles et cela entre le mois de juin et le mois d'août. Il pensait cette fois-ci qu'elle était partie rejoindre son amant. Je précise qu'à ce jour, on ne l'a toujours pas retrouvée, et on ne sait pas si elle est en vie.

— Vous pensez à la même chose que moi commandant ? Intervint Curtis. Mais pourquoi tout le monde disparaît-il ou meurt-il le 6 août à Villefranche-de-Conflent ?

— Oui je suis d'accord avec vous Curtis, toutes ces coïncidences commencent à devenir bien étranges. On a peut-être à faire à quelqu'un qui sévit depuis de nombreuses années…

Curtis interrompit un petit instant Jules.

— La patrouille vient de me signaler à l'instant que l'appartement de Fernand a été cambriolé, on voit clairement des traces de lutte !

— Je me doutais qu'il y avait un problème, déclara Jules, contactez tout de suite Vincent Bernard et demandez s'il sait où se trouve son fils. Fernand a peut-être eu une violente dispute avec Pauline ou il a tout simplement surpris un cambrioleur, on peut émettre différentes hypothèses mais rien n'est figé tant que l'on a pas plus d'éléments…

— Envoyez la scientifique au domicile de

Fernand pour un relevé complet d'empreintes, on ne sait jamais si quelqu'un venait à pénétrer il pourrait détruire de potentiels indices.

— Je fais le nécessaire tout de suite commandant…

Curtis eut dans la foulée une conversation téléphonique un peu surprenante avec Vincent Bernard.

— Allô monsieur Vincent Bernard ? Capitaine Curtis de la Gendarmerie Nationale.

— Oui c'est moi, faites vite je suis occupé à dépecer un lapin. Dit-il d'un ton bourru.

— Nous recherchons votre fils, son téléphone a borné ce matin même à son domicile, nous nous y sommes rendus et il n'y avait aucune trace de lui. Tout était saccagé, je ne vous cache pas que c'est inquiétant. Nous pensons peut-être à un cambriolage qui a mal tourné ou une dispute avec sa fiancée.

— Mon Dieu, j'en sais strictement rien, répondit Vincent. En plus ça fait au moins vingt ans que ce petit ingrat ne veut plus me voir. Et puis franchement cela ne m'intéresse pas du tout de savoir ce que ce bon à rien a encore fait.

Il s'est toujours attiré des ennuis, et puis il ne fichait rien à l'école, une honte quoi !

— Je ne connais pas votre vie, mais le moindre détail pourrait nous aider, surtout que l'on vient de retrouver sa fiancée assassinée. Sa disparation est peut être liée à cette affaire.

— Pardon… assassinée, s'exclama Vincent, premièrement je ne savais pas que Fernand était fiancé et deuxièmement sa vie ne m'intéresse pas du tout. C'est un monde d'harceler un pauvre retraité, fichez-moi la paix maintenant !

Il raccrocha violemment le téléphone au grand étonnement du capitaine. Il s'empressa de rapporter la conversation à Jules.

— Mais quel abruti ce Vincent Bernard, intervint Jules. Il me paraît vraiment louche celui-là, croyez-moi Curtis on n'en a pas fini avec lui. Il vient de révéler une facette de sa personnalité que je ne soupçonnais pas. Je ne sais pas à ce stade si c'est un danger potentiel, et si je dois m'inquiéter pour les miens. C'est simple il faut décortiquer la vie de cette famille, il y a bien trop d'éléments suspects autour d'eux, la mère qui disparaît il y a trente ans, le fils disparaît aujourd'hui et la fiancée massacrée hier…

— Je vous avouerai les gars que je suis un peu perdu, il faut que je digère un peu la journée qui vient de passer, reprit le commandant. Je ne serai pas très efficace en restant à la brigade. On va s'arrêter pour aujourd'hui, la nuit porte conseil, et franchement j'ai besoin de prendre un peu de recul pour pouvoir cogiter à tête reposée. Si bien-sûr certains se sentent de faire des heures supplémentaires, je n'y verrai aucun inconvénient. Plus vite on aura bouclé cette affaire mieux ce sera !

— Bien compris commandant, répondit Curtis un peu dépité. Sylvain ça vous dit pizza aux trois fromages ? On a du boulot qui nous attend ce soir aux archives !

— Oh oui je rêvais d'une pizza justement, dit Sylvain sur un ton plutôt sarcastique.

Jules remercia tout le monde pour le travail accompli durant la journée puis s'en alla. Tout en conduisant il se remémorait chaque moment passé de la journée, le gardien traumatisé qui retrouve cette pauvre Pauline morte dans d'atroces circonstances, ces deux meurtres qui ont eu lieu avec un mode opératoire similaire datant de plusieurs années en arrière, l'annonce de ce décès aux parents totalement sous le choc, la découverte d'un fiancé introuvable, le père de celui-ci qui a déclaré trente ans auparavant la disparition de sa femme. Ce même père qui renie presque son fils. Quel bazar cette affaire, par-dessus le marché il y a des Cold case à résoudre ! Cela prenait du sens dans son esprit, il restait persuadé que la date du 6 août était l'élément central de ces meurtres et disparitions.

— Coucou les filles, surprise ! Je suis rentré plus tôt, juste à temps pour vous lire une histoire, êtes-vous contentes ?

— Oh oui papa, crièrent Lia et Lucie en cœur, on veut l'histoire de Peter Pan s'il te plaît.

Passer du temps avec ses filles restait très rare, alors quand l'occasion se présentait il savourait chaque instant. Myriam pouvait entendre les filles rigoler aux éclats, Jules avait revêtu le déguisement du capitaine Crochet et faisait le pitre !

Il prenait un malin plaisir à transformer les lectures traditionnelles du soir en pièces de théâtre. Créer de nouveaux souvenirs avec ses filles était prioritaire. Laisser un maximum son travail en dehors de la maison était salutaire pour toute la famille. Il était reconnaissant chaque jour de pouvoir être aimé et attendu par ses proches, de nombreux collègues n'avaient personne à qui parler en rentrant chez eux.

Il en était à son deuxième mariage, sa première épouse Blandine n'avait pas la patience de Myriam. Elle n'avait pas réussi à composer avec les absences répétées de Jules dues à son travail. Dix ans auparavant Jules rentrait d'une astreinte de nuit et découvrit sa femme endormie dans son lit dans les bras d'un homme. Il fut dévasté car Blandine était à l'époque son grand amour, ils se connaissaient depuis l'âge de dix ans et s'étaient rencontrés dans un camping où leurs parents respectifs y allaient depuis de nombreuses années. De fil en aiguille un amour inconditionnel naquit

Blandine avait fini par demander le divorce pour pouvoir être libre de fréquenter qui bon lui semblait. Jules lui l'aimait tellement. Il était prêt à faire intervenir un thérapeute de couple pour résoudre leurs difficultés mais ce fut peine perdue. Fort heureusement aucun enfant n'était né de cette union. Il mit cinq années à s'en remettre et à oser fréquenter une femme.

Jules vit pour la première fois Myriam au Lac du Bourget qui se situe à proximité de Chambéry à Aix-les-Bains. Elle était assise au bord de l'eau et prenait des photos, et sans aucune raison elle se retourna en direction de Jules. Celui-ci était instantanément tombé sous le charme de cette belle inconnue, ils échangèrent un sourire mais rien ne se fit. Une semaine plus tard ils se retrouvèrent tout à fait par hasard dans le même restaurant et cette fois-ci à Chambéry. Comme Jules croyait au destin, il ne la laissa pas partir sans prendre son numéro de téléphone. Quatre mois après ils se dirent oui pour toujours à la mairie, leur fille aînée Lucie pointa le bout de son nez neuf mois après. Lia naquit seulement deux ans plus tard.

Jules comptait faire de son mieux pour que leur union dure pour toujours.

— C'est bon Myriam les filles sont couchées, ne suis-je pas un super papa ?

— Mais bien-sûr mon chéri, répondit-elle en serrant tendrement Jules dans ses bras, prends garde à tes chevilles elles vont enfler ! Je t'ai gardé de la salade, des lasagnes au chaud et de la mousse au chocolat et c'est fait maison. Installe-toi dans le canapé, il y a un film de science-fiction que j'aimerais voir, je te rejoins avec deux plateaux télé. Je n'ai pas eu le temps de manger, tu connais Lia et Lucie elles sont tellement demandeuses.

— Tu es très attentionnée, j'avais vraiment besoin de déconnecter en rentrant merci, la soirée commence bien et finira bien j'en suis certain, -dit Jules en faisant un clin d'œil.- Sauf urgences, demain matin je pourrai prendre le petit déjeuner avec vous, j'irai chercher des croissants, des baguettes bien fraîches et des chocolatines.

— Les filles seront ravies, rétorqua Myriam.

Après cette horrible journée, Jules se sentait sur un petit nuage en compagnie de Myriam. Ces petites soirées passaient trop vite, à son grand désespoir.

Jusque tard dans la nuit, Jules ressassait dans sa tête tout ce qu'il avait vu et entendu pendant la journée. Cette affaire était mystique, le tueur reproduisait-il un rituel d'exécution qui datait de plusieurs décennies ? Les hypothèses se bousculaient.

3. Le 8 août 2020.

Après une nuit plutôt paisible, et un succulent petit déjeuner pris en compagnie de ses trois beautés sur la terrasse, Jules devait remettre les pieds sur terre et aller à la brigade. Il était passionné par son travail, mais il chérissait plus que tout sa famille.

— Allez, souhaitez-moi bon courage les filles, je vais au boulot, bonne journée !

— Bonne journée papa…

Jules revint précipitamment sur ses pas pour embrasser sa femme et ses filles…

— Et mon bisou alors ? Rétorqua Jules

— On dit s'il te plaît ? Imposa Lucie.

— C'est vrai tu as raison. Qu'est-ce-que je vous ai bien élevées quand même, cela vient du côté de ma famille Dit-il d'un ton rieur en se tournant vers Myriam.

— Il faudrait que tu travailles un peu sur ton humilité si ce mot te dit quelque chose ? Je te rappelle qu'elles ont mes gènes également ! Taquina Myriam avec un grand sourire.

— Allez, venez dans mes bras que je vous étouffe un peu d'amour. Demanda Jules.

— Papa arrête tu m'écrases, s'écria Lia.

— Cette fois-ci, j'y vais, papa court attraper les méchants. Bisous mes merveilles.

Jules avait gardé une âme d'enfant, il aimait jouer et blaguer avec ses filles. Il tenait à avoir des bisous avant de partir car cela le remplissait de courage pour résoudre des affaires souvent bien douloureuses.

En arrivant à la gendarmerie, Jules espérait que le capitaine Curtis et Sylvain soient tombés sur une mine d'or avec leurs recherches aux archives.

— Bonjour tout le monde, dit Jules. J'espère que vous êtes motivés. Comme vous vous en doutez, une grosse journée nous attend et la priorité est de retrouver Fernand Bernard. On ne sait toujours pas s'il a été enlevé, tué ou si c'est tout simplement le tueur de Pauline !

— Sylvain et Curtis, continua Jules, que pouvez-vous me dire sur les meurtres survenus le 6 août 2000 et celui du 6 août 2010 ? Avez-vous également trouvé quelques infos sur Fernand ?

— Oui commandant, on a passé une bonne

partie de la nuit à faire des recherches, et elles se sont avérées fructueuses, il y a plusieurs points communs entre les victimes. Elles sont toutes natives de la région, même apparence physique que Pauline, blondes aux yeux bleus, grande et fine. La première se nomme Émilie Pascal, elle est décédée le 6 août 2000, sur un chemin de randonnée non loin du refuge qu'elle tenait. Retrouvée par des touristes, elle est morte par strangulation avec le crane enfoncé post mortem. Elle était méconnaissable, une mèche de cheveux coupée ainsi qu'un collier retrouvé sur elle sans aucune projection de sang. Expliqua Curtis.

— La deuxième victime se nomme Julie Pigeon, continua Sylvain, le mode opératoire est le même que pour Émilie et Pauline. Elle a été retrouvée dans les grottes de Canalettes par ses collègues, c'était son lieu de travail.

— Donc si je comprends bien, commenta Jules, les victimes ont toutes été tuées sur ou à proximité de leur lieu de travail et de la même manière, comme si notre tueur voulait que nous les trouvions facilement. Si nous réfléchissons

66/280

un peu il aurait pu faire disparaître les victimes. Il veut sûrement nous faire comprendre quelque chose qu'il ne peut pas exprimer facilement. On peut émettre l'hypothèse qu'il a vécu quelque chose de marquant, et en tuant il nous donne des indices. Je pense pourquoi pas à un rituel d'exécution qui date de plusieurs décennies. Soit ses réactions sont conscientes ou soit elles ne le sont pas ! Allez savoir, il faut continuer à creuser et se donner toutes les chances de trouver.

— Il faut que nous explorions toutes les pistes possibles, reprit Jules, je veux que vous contactiez les familles, amis d'Émilie et Julie et que vous tapiez aux portes de chacun de leurs voisins. Récoltez un maximum d'informations sur la façon dont elles occupaient leurs temps hors du travail… tout quoi !

— En ce qui concerne Fernand, là aussi nous avons pu obtenir pas mal d'infos ! Affirma Curtis.

Nous avons recontacté à la première heure le concierge et là encore c'est bizarre, Fernand a fait plusieurs séjours en hôpital psychiatrique pour une durée d'un mois à chaque fois et sur la base du volontariat. Et à quelle période d'après vous commandant ?

— Je ne sais pas, dites-le-moi

— En août 2000 et en août 2010 au lendemain des meurtres ! Répondit Curtis.

— C'est quoi ce délire ? Je crois de moins en moins à la thèse de l'enlèvement pour Fernand, ou bien on a peut-être affaire à une mise en scène.

— Le concierge nous a expliqué qu'à ces périodes bien précises, Fernand lui avait demandé d'arroser les plantes et de nourrir son chat en son absence.

— Lui a-t-il dit pourquoi il s'était fait interner de lui-même ? Demanda Jules.

— Bah d'après le concierge, Fernand lui aurait dit qu'il supportait mal de détruire toutes ses relations amoureuses et que les docteurs l'aidaient à passer le cap.

— Mais que diable cela veut-il dire ? Il a des choses à se faire pardonner ?

— Je ne suis pas devin commandant, demandez à la voyante du coin, dit Curtis en rigolant.

— Décidément, il faut vraiment le retrouver celui-là. Curtis et Sylvain vous irez vous reposer toute la matinée. Vous avez effectué un excellent travail merci.

Jules partit le reste de la matinée avec trois patrouilles pour enquêter interroger le voisinage de la victime. Malheureusement tous revinrent bredouilles, aucune piste ne semblait se dessiner, les discussions n'apportèrent pas de nouvel élément ! La crainte ou tout simplement la perte de mémoire avaient certainement fait obstacle !

Pour Jules, il lui en fallait plus pour s'avouer vaincu.

— Bon, vous pouvez prendre chacun votre pause du midi, on se remettra au boulot dans une heure.

Jules aimait prendre sa pause en étant seul, il en profitait pour réfléchir à l'enquête en cours tout en mangeant un sandwich préparé par les soins de Myriam. Il avait disposé sur un tableau transparent les photos des trois victimes et de leur famille.

Le commandant Drumond essayait tel un voyant, de visualiser les meurtres, de s'imprégner de la personnalité et l'histoire de chacun, aussi de tenir compte du rapport d'autopsie pour émettre plusieurs hypothèses, mais il lui manquait encore quelques éléments pour trouver un suspect et le mobile du meurtre.

Pendant sa réflexion, Jules eut un éclair de génie ! Il contacta les parents d'Émilie Pascal et de Julie Pigeon pour poser une question bien précise

Une heure plus tard sonnait la fin de la pause, Sylvain et Curtis étaient de retour.

— Bien mangé mon commandant ? Demanda Curtis.

— Oui merci, j'ai retourné cette affaire dans tous les sens et il me manquait un élément important…

— Vous piquez notre curiosité, dit Curtis.

— J'ai donc contacté les parents d'Émilie Pascal et de Julie Pigeon et là, à ma grande stupeur, j'ai appris qu'elles ont été toutes deux fiancées à Fernand Bernard. C'est prévu, que j'aille leur rendre une petite visite pour avoir plus d'informations.

— Incroyable, c'est un sacré tombeur ce Fernand et comme par hasard il n'a pas de bol en amour, trois fiancées trucidées ! C'est quand même étonnant que les enquêtes précédentes ne l'aient pas mis en cause plus que ça, j'ai l'impression que les enquêteurs de l'époque n'ont pas voulu se prendre la tête et ont rapidement classé ces deux affaires. Bon, après je juge peut-être un peu vite. S'exclama Curtis.

— J'ai posé précisément la question aux parents à savoir si Fernand était sorti avec nos victimes, car on commençait à avoir trop de coïncidences. Entre les hospitalisations de Fernand en psychiatrie juste après les meurtres, le fait qu'il supportait mal de détruire toutes ses relations amoureuses, les liens qu'il avait avec Pauline et sa disparition, j'étais certain de leurs réponses !

— On tient peut-être notre suspect commandant qu'en pensez-vous ?

— C'est fort probable Curtis, cette affaire va nous rendre fous. J'ai reçu le compte-rendu de la scientifique. Premièrement les traces de pas retrouvés dans la flaque de sang correspondent à une pointure quarante-trois, chaussures de randonnées fabriquées par un cordonnier de la région, cela limite un peu nos recherches.

— Curtis, vous appellerez cet artisan pour récupérer la liste des gens qui ont acheté ce type de chaussures, et avec un peu de chance, il y aura une concordance avec Fernand. Je sais, vous allez me dire que c'est un peu tiré par les cheveux, mais dans les films policiers ça marche toujours on peut encore rêver, dit le commandant en rigolant.

Jules pouvait parfois se montrer naïf tel un enfant.

— L'espoir fait vivre comme dirait si bien une grand-mère de mon quartier, répondit le capitaine Curtis.

— Deuxièmement, reprit le commandant Drumond, les projections de sangs retrouvées en grande quantité sur les parois du souterrain démontrent bien que notre tueur s'est acharné avec une extrême violence sur Pauline. Mais bon, pas de surprise de ce côté, on s'y attendait.

— Je vais aller voir comme prévu les parents de Julie et Émilie et on refait le point ensemble à mon retour. Continua le commandant.

Jules Drumond avait maintenant une lueur d'espoir quant à la résolution de cette enquête. Mais ce n'était que le début, il fallait maintenant éplucher la vie de Fernand pour savoir s'il avait tué ces trois jeunes filles et surtout pourquoi !

Fort heureusement, les parents des victimes étaient natifs de Villefranche-de-Conflent et y habitaient pour la plupart. Avec un peu de chance, ils pourraient avoir été témoins de scène de ménage entre leurs filles et Fernand.

Jules se présenta en premier chez la famille Pascal, il frappa à la porte et celle-ci s'ouvrit.

— Bonjour Monsieur et Madame Pascal ? Commandant Drumond de la gendarmerie, c'est moi que vous avez eu au téléphone ce midi.

— Qu'est-ce qui se passe ? Avez-vous des nouvelles à propos d'Émilie ? Demanda Monsieur Pascal

— Effectivement, puis-je entrer un petit

moment ?

— Bien-sûr commandant, venons-en au fait, cela fait déjà quelques années que nous attendons !

— Je viens de ré-ouvrir l'enquête de votre fille, nous avons de nouveaux éléments.

— C'est une nouvelle inespérée, s'écria Madame Pascal.

— Nous avons un suspect potentiel, qui jusqu'à preuve du contraire reste innocent !

Le couple Pascal commençait à se décomposer au fur et à mesure de la discussion.

— Vous dites que vous avez un suspect, mais qui est-ce bon sang ? S'exclama Monsieur Pascal impatient.

— C'est Fernand Bernard, répondit le commandant Drumond. Lorsque je vous ai appelé tout à l'heure, je me doutais bien qu'il avait fréquenté votre fille, j'avais besoin d'une confirmation de votre part pour faire le lien avec le meurtre de Pauline qui a eu lieu il y a deux jours au Fort Libéria.

— Qu'est-ce qui vous fait penser que ces deux affaires ont un lien ? Demanda Monsieur

Pascal.

— Je ne peux répondre que partiellement, l'enquête est en cours. Fernand a été fiancé à votre fille, on sait aussi qu'il était fiancé aux deux autres victimes.

— Pardon ! Fiancé à deux autres victimes ? Mais c'est une blague ou quoi ? Aurait-on affaire à un tueur en série ?

— Tout ce que je peux dire, c'est que Pauline, Émilie et Julie ont eu une histoire amoureuse avec Fernand. Si vous voulez bien, cela m'aiderait si vous me parliez un peu d'Émilie et Fernand, nous avons besoin de savoir quel genre de relation ils entretenaient.

Madame Pascal eut un moment d'hésitation, elle essayait de se remémorer toutes les fois où sa fille était venue les voir en pleurant. Avant sa mort, elle semblait tellement triste. Et depuis vingt ans, elle culpabilisait de ne pas être intervenue à temps, de ne pas avoir compris sa détresse et de ne pas avoir posé plus de questions.

— Désolée, j'ai eu un moment d'absence, cela nous fait remonter vingt ans en arrière, même si la douleur est omniprésente. Notre petite chérie était belle et si gentille. Elle a rencontré Fernand durant le printemps 2000, je crois qu'il vendait des bijoux au marché de Villefranche-de-Conflent. Elle est venue le voir régulièrement prétextant vouloir acheter des bijoux, et elle a fini par tomber amoureuse ! Elle me disait que c'était l'homme de sa vie et tout le blablabla qui va avec. L'amour rend aveugle, c'est un dicton indémodable. Quand j'y repense il a dû faire un sacré numéro de charme à Émilie, et la pauvre chérie et tombée dans le panneau.

— Qu'est-ce-qui vous fait dire ça ? Interrogea le commandant.

— Eh bien, entre autres vos déclarations à propos de Fernand ! Vendre des bijoux était peut-être une manière d'attirer des jeunes filles naïves, pour à la fin les tuer ! Je ne suis pas certaine qu'il ait aimé un jour notre fille. Pour sûr Émilie l'adulait au début de leur relation.

— Pourquoi juste au début ?

— Émilie habitait d'ordinaire au refuge sur son lieu de travail, mais elle a rapidement emménagé dans l'appartement de Fernand qui se situait en ville au-dessus de la pharmacie. Depuis, elle a donné de moins en moins de nouvelles. Reprit la mère d'Émilie.

— Je peux vous certifier qu'avant de le connaître, le refuge était son bébé, elle cuisinait de façon locale et c'était d'ailleurs délicieux. Personne ne faisait l'ouillade comme ma petite fille et je ne parle pas de son touron catalan, encore meilleur que le mien. Grâce à cela, de nombreux touristes s'arrêtaient le temps d'un repas et d'une bonne nuit de repos. Elle avait consacré tellement d'efforts pour aboutir à un tel succès, et surtout elle semblait heureuse. Lorsque sa relation avec Fernand a commencé, son organisation était complètement chamboulée . Elle a dû engager quelqu'un pour la seconder la nuit, et à qui la faute ! Suffoqua Monsieur Pascal.

— Et que s'est-il passé par la suite ?

— Un jour, j'ai croisé ma fille lors d'une randonnée dans les gorges de la Carança, près de Thuès-entre-Valls, c'était un de ses endroits préférés. Elle était sous l'emprise de Fernand, cela se voyait comme le nez au milieu de la figure ! Continua Madame Pascal.

— Et qu'est-ce qui vous a fait penser à de l'emprise Madame Pascal ?

— Sa façon de me regarder, elle ressemblait à une bête apeurée, elle qui était d'une nature tellement joyeuse. Nous étions très complices depuis son plus jeune âge. Ce jour-là elle ne m'a même pas souri et Fernand m'a à peine dit bonjour.

— J'ai demandé à ma fille, continua madame Pascal, si tout allait bien et elle a répondu que oui mais qu'elle était très occupée au refuge. Elle souffrait et j'ai laissé faire, ce Fernand me faisait peur et je ne voulais en aucun cas me frotter à lui !

— Je suis certain qu'il lui avait retourné le cerveau à notre petit ange, j'espère qu'il ne l'a jamais frappée, dans tous les cas quelle pourriture et je me retiens le mot est faible. Si je le revois un jour il risque de passer un sale quart d'heure ! S'exclama le père D'Émilie

— Avez-vous remarqué autre chose ? Demanda Jules.

— Oui, avant, elle avait pour habitude lors de son temps libre de participer à des randonnées de groupe avec des copines, sa ballade préférée était justement les gorges de la Garança pour ses rocs, passerelles et corniches, forêt profonde, pics vertigineux, torrent… Bref, Émilie faisait corps avec la nature depuis son plus jeune âge, c'était comme une bouffée d'oxygène. Je l'avais surnommée, ma petite princesse de la forêt. Elle avait une autre passion que nous partagions, celle d'observer les oiseaux au lever du soleil pour profiter des différents chants que produisaient les bruants ortolans, les fauvettes Orphée et les pitchous à lunettes…

— Deux mois avant sa mort, continua Madame Pascal, elle avait abandonné toutes ses passions, ne répondait même plus au téléphone lorsque ses copines l'appelaient, en bref nous ne pouvions plus la joindre. Ce n'était pas normal, cela ne lui ressemblait pas. Je n'ai aucune preuve de ce que j'avance, mais je pense que notre fille n'était plus libre de penser par elle-même. Avant qu'elle rencontre

Fernand, nous avions une fois par semaine de ses nouvelles et nous mangions ensemble une fois dans le mois. Ses habitudes que nous partagions avec notre enfant s'étaient envolées à tout jamais. Dit madame Pascal en sanglotant.

Jules pensait que cette famille faisait peine à voir. Pendant vingt ans elle avait subi tant de souffrances. Il se devait coûte que coûte de rendre justice le plus vite possible.

— Je pense la même chose que ma femme, intervint Monsieur Pascal, il n'était pas net ce type. Vous savez, lorsque nos enfants quittent le nid, on se dit que la meilleure chose est de les laisser faire leurs propres expériences. On les rassure en disant que nous serons toujours là pour eux. Eh bien vous voyez, j'ai failli à mon devoir, et maintenant c'est trop tard pour elle et je dois vivre avec cet échec ! Par pitié, mettez cette ordure en prison, cela fait vingt ans que l'on attend que notre fille repose en paix et tant qu'il sera en liberté cela ne pourra pas arriver.

— Nous manquons encore de preuves à propos de Fernand, mais nous ferons de notre mieux. Si j'en crois le dossier de votre fille, tout au début de l'enquête, ce n'était pas gagné pour le coincer, car mes collègues ne savaient pas par où commencer, il n'y avait pour ainsi dire aucun indice nous menant à Fernand. Aujourd'hui plusieurs affaires sont en lien avec le meurtre d'Émilie et la chance va nous sourire j'en suis certain.

— Nous espérons que vous bouclerez vite l'enquête, nous devenons vieux vous savez, nous n'aimerions pas mourir avant de connaître toute la vérité. Et puis savoir qu'un tueur court depuis si longtemps est effrayant, il a fait deux autres victimes, mais peut-être y en-a-t-il d'autres ? Demanda Monsieur Pascal terrifié.

— Merci pour votre temps Monsieur et Madame Pascal, dès que j'ai du nouveau je vous contacte.

Jules pensait de plus en plus que Fernand, connu au marché depuis plusieurs années comme quelqu'un de foncièrement gentil, avait au final bien trompé son monde. Il s'était fondu dans la masse sans que quiconque ne s'en aperçoive. Il jouait peut-être la carte du beau gosse pour attirer de belles jeunes filles vulnérables.

Jules pensait qu'il avait dû avoir une enfance très difficile, avec son père qui semblait avoir un caractère ignoble et sa mère disparue lorsqu'il avait seulement dix ans. Comment un enfant pouvait-il grandir normalement sans maman ? Durant sa carrière, Jules avait rencontré de nombreuses familles déchirées par la violence, la jalousie, le mensonge…

Jules avait l'intime conviction que Fernand Bernard savait quelque chose à propos de sa mère et qu'il portait un lourd fardeau depuis bien longtemps. Peut-être avait-il occulté certains passages de sa vie, et qu'un jour, pour une raison inconnue, il avait recouvré la mémoire ? Mais il fallait creuser encore un peu pour le prouver. Cela restait son avis et le procureur finirait par en demander davantage pour poursuivre les investigations !

La prochaine étape était d'aller voir les parents de Julie Pigeon. La pauvre enfant avait certainement vécu des situations similaires à celle d'Émilie. Cela ne collait pas avec le fait que les parents de Pauline appréciaient beaucoup Fernand Bernard, même s'ils ne savaient pas grand-chose de lui, ils s'étaient sûrement fiés au jugement de leur fille à l'époque. Quand ils apprendraient que Fernand était peut-être le meurtrier, ils deviendraient fous de chagrin. Jules appréhendait leurs réactions.

Jules arriva au domicile de la famille Pigeon

— Bonjour commandant Drumond, êtes-vous les parents de Julie Pigeon ?

— C'est vous que l'on a eu au téléphone ce midi ? Demanda Monsieur Pigeon.

— Oui je suis désolé de vous importuner une fois de plus, mais j'ai quelques questions à vous poser, puis-je entrer ?

— Bien-sûr, vous avez piqué notre curiosité ce midi…

— Voilà nous allons ré-ouvrir l'enquête de Julie. Rétorqua Drumond.

— Mais pourquoi maintenant ? Cela fait dix ans que nous nous battons pour que cela arrive, vous vous fichez de nous ou quoi ? Cria Madame Pigeon.

— Calmez-vous Madame, c'est sérieux je

viens d'arriver dans la région et le commandant qui était avant en charge de l'enquête n'avait aucune piste pour coincer le tueur de votre fille. L'enquête a peut-être été bouclée trop vite et il y a certainement une raison à cela.

— Cela veut dire qu'à ce jour vous avez de nouveaux éléments ? Interrogea Monsieur Pigeon.

— Oui, tout ce que je peux dire c'est que deux autres victimes sont mortes dans des circonstances similaires, la dernière en date a été retrouvée le 6 août, il y a deux jours. Fernand est probablement le tueur, il était également fiancé avec celle-ci, il reste à ce stade notre premier suspect !

— Fernand Bernard ? Cela ne m'étonne pas le moins du monde, reprit monsieur Pigeon.

— Vous êtes drôlement affirmatif dites donc !

— Bah oui, il a maltraité notre fille. Quand Julie est morte, j'ai crié haut et fort que cet homme avait tué ma petite chérie, et vos collègues ne m'ont pas écouté, Ils m'ont que c'était la douleur qui me faisait dire des bêtises.

Alors on n'a aucune confiance en la gendarmerie et la justice, on ne nous prend pas au sérieux.

— Mon équipe et moi nous vous croyons, et sommes vraiment désolé que vous n'ayez pas été pris au sérieux soyez en sûr.

— C'est facile pour vous d'embobiner de pauvres gens.

— Je ne peux pas comprendre votre rage, je n'ai pas perdu d'enfant, mais récemment un coéquipier a été froidement tué devant moi et je connais ce sentiment qui vous ronge, à l'heure actuelle on n'a toujours pas coincé son meurtrier et pourtant je l'ai vu ! De plus l'affaire m'a été retirée et croyez-moi je me sens impuissant.

— Admettons, qu'avez-vous à nous demander commandant ? Demanda Monsieur Pigeon.

— Pouvez-vous me parler de la relation qu'entretenait Julie avec Fernand Bernard ? Vous me disiez à l'instant qu'il avait maltraité votre fille.

— Bon je vais commencer par le début alors.

Notre fille était une femme très gentille, belle et intelligente. Elle travaillait comme guide touristique aux grottes de Canalettes, son boulot lui tenait à cœur et elle était très appréciée. Elle semblait heureuse, elle nous rendait souvent service en faisant les courses, ma femme et moi ne sommes pas en bonne santé.

— Je suis désolé de l'apprendre, intervint Jules.

— Et puis un jour, continua le père de Julie, elle se pointe à la maison avec cet abruti de Fernand. Au début, il paraissait gentil et puis on l'aimait bien, on est accueillant vous savez. Et là Julie nous annonce de but en blanc qu'elle vit avec lui depuis deux mois ! Elle l'avait rencontré au marché de Villefranche-de-Conflent juste quatre mois avant, il vendait des bijoux je crois.

— Quelle-a-été votre réaction face à cette nouvelle ? Demanda Jules.

— Nous avons bien entendu essayé de la mettre en garde contre ce jeune homme, en lui conseillant de prendre son temps, d'apprendre à mieux le connaître, qu'elle pouvait en cas de problèmes revenir habiter quand elle voulait chez nous.

— Et a-t-elle accepté votre mise en garde ?

— Oui, un jour Julie nous a appelé pour que nous allions la chercher en urgence à la pharmacie qui se situait en dessous de son appartement, elle s'y était réfugiée suite à une violente dispute. Quand nous sommes arrivés, elle avait le visage tuméfié et son bras droit était cassé, j'ai dû l'amener aux urgences puis à la gendarmerie.

— Pourquoi n'ai-je aucune trace dans mes dossiers d'une plainte à l'encontre de Fernand Bernard ? S'interrogea Jules.

— Elle a refusé de porter plainte tout simplement, je ne pouvais rien faire. Vos collègues lui ont dit que c'était dans son intérêt de le faire, qu'il pourrait passer devant le juge rapidement et être incarcéré. C'était d'ailleurs la seule manière de la protéger, mais elle avait tellement peur de représailles qu'elle est venue habiter chez nous.

— Avez-vous pu lui demander depuis

combien de temps elle subissait des violences conjugales ?

— Oui, mais elle ne voulait pas en parler, Julie s'était fermée comme une huître ! Une semaine après elle a donc été retrouvée morte dans les grottes et on se demande toujours pourquoi. Je le dis pour la deuxième fois c'est Fernand qui l'a assassinée, je le sens au fond de mes tripes ! Ce type fait froid dans le dos il ressemble à Monsieur tout le monde et le pire c'est qu'au premier abord il est super attachant ! La question que je me pose encore, c'est pourquoi vos collègues n'ont pas fait le lien ?

— Pour être honnête avec vous, nous commençons à penser la même chose que vous. Merci d'avoir répondu à mes questions je reviendrai vers vous dès que nous en saurons plus, l'enquête est en bonne voie.

— On compte sur vous commandant.

Il restait maintenant le plus difficile à faire, retourner à Vernet-les-Bains au vieux village de la station thermale, annoncer aux parents de Pauline que Fernand était le suspect numéro un ! Jules espérait que Marie Leroy allait tenir le coup moralement, elle venait tout juste de subir la mort de leur fille chérie. Mine de rien, l'enquête avançait bien, l'étau se resserrait de plus en plus sur Fernand.

En se dirigeant vers la station thermale, Jules était émerveillé une fois de plus par cette végétation luxuriante aux différentes couleurs et odeurs. En arrivant il prit une grande inspiration pour avoir du courage, il appuya timidement sur la sonnette…

Monsieur Leroy ouvrit la porte.

— Bonjour Monsieur Leroy, Comme promis je reviens vers vous, car nous avons de nouveaux éléments. Comment va votre femme si ma question n'est pas trop idiote ?

— Le chagrin sera toujours là mais malgré tout elle a repris un peu ses esprits.

— Ce n'est pas facile à dire, mais nous avons un suspect pour le meurtre de Pauline et il est en lien direct avec deux autres meurtres. L'un est survenu il y a vingt ans le 6 août 2000 et l'autre il y a dix ans le 6 août 2010.

— Mais je ne comprends pas commandant

Drumond, quel est le lien ? La date peut-être ?

— Entre autres, mais surtout c'est probablement un seul et même tueur !

— Pardon en êtes-vous certain ? Mais qui-est-ce donc ? Parlez cela devient insoutenable

— Nous soupçonnons fortement Fernand Bernard le fiancé de Pauline, répondu Drumond.

— Notre Fernand ? N'importe quoi ce garçon est irréprochable !

— Pas si irréprochable que ça malheureusement, il était fiancé aux deux autres victimes Julie et Émilie. D'après leurs parents que je viens d'aller voir, Fernand les maltraitait. Julie s'est d'ailleurs retrouvée à l'hôpital dans un état grave !

— Je n'arrive pas à y croire, ma petite Pauline…, pleura Madame Leroy.

— Nous allons de surprises en surprises, Fernand a donc eu trois fiancées assassinées ! Mais qu'est-ce que nous sommes naïfs, qui est cet homme en réalité ? Il a bien caché son jeu celui-là, et surtout il a osé se moquer de notre fille. Continua Monsieur Leroy.

— Commandant Drumond, croyez-vous que Pauline ait subit des violences de sa part lorsqu'ils étaient ensemble ? Parce que si c'est le cas il ne va pas vivre longtemps celui-là, je me chargerai personnellement de lui régler son compte !

Jules se tourna la question.

— Avait-elle des amis au village de Villefranche-de-Conflent ?

— Oui, une certaine Stéphanie Simon qu'elle connaissait depuis ses années de collège. Elles étaient pour ainsi dire comme deux sœurs inséparables. Répondit Madame Leroy.

— D'accord c'est un bon début pour enquêter. Nous allons convoquer au poste son amie, continua le commandant Drumond.

— Juste une petite question commandant, reprit Madame Leroy, qu'attendez-vous pour coincer Fernand ?

— Un maximum de preuves, les suspicions ou des sentiments ne suffisent pas malheureusement. Nous faisons de notre mieux je vous assure. Merci encore pour votre accueil, au revoir.

En sortant de chez la famille Leroy, Jules remarqua un arc-en-ciel qui se dessinait doucement. Il restait émerveillé pendant un instant et se remémorait ces moments d'innocence où il croyait dur comme fer qu'un trésor se trouvait tout au bout de cet arc multicolore.

Il aimait le faire croire à son tour à ses filles, il s'en amusait. Il lui arrivait souvent de se focaliser sur la nature tel un exutoire, cela permettait de se recentrer sur l'enquête ensuite. Mais le remède le plus efficace restait le temps qu'il pouvait passer dans son foyer.

Jules saisit son téléphone au fond de sa poche pour appeler son coéquipier.

— Allô Curtis c'est le commandant, Pouvez-vous me convoquer Stéphanie Simon à la brigade ? C'est la meilleure amie de Pauline, elle pourra certainement nous aider. Je serai de retour d'ici trente minutes. Envoyez également une patrouille au fort qui interrogera l'équipe qui rénove la prison. D'après mes renseignements, il y a Raoul, Benjamin et Cédric. Il faut savoir si Pauline leur a fait des confidences concernant Fernand, je vous expliquerai pourquoi à mon retour.

— Ce sera fait commandant.

Où pouvait donc se trouver Fernand ? Comment le retrouver ? Il y avait tellement de personnes à interroger, Jules espérait qu'il n'était pas trop tard, qu'on le retrouverait en vie. Les familles des victimes avaient tellement besoin de savoir pourquoi tous ces massacres avaient eu lieu !

Peut-être que la réponse à cette énigme était à l'hôpital psychiatrique où Fernand avait séjourné plusieurs fois. Jules avait la nette impression que son crâne allait exploser tant les questions se bousculaient à son esprit.

Jules arriva à la gendarmerie un peu perplexe !

— Curtis, quand Stéphanie pourra-t-elle venir pour être interrogée ?

— Elle sera là dans une heure tout au plus.

— Parfait, pendant ce temps précieux nous allons faire le point. Curtis, qu'avez-vous pu apprendre du cordonnier ?

— Eh bien je dirais que vous êtes un petit

chanceux commandant, durant cette année cent personnes ont acheté le type de chaussure de randonnée que notre tueur a utilisé. Et il y a une concordance avec Fernand Bernard, il en a bien acheté une paire ! Nous le savons grâce à d'autres chaussures retrouvées à son domicile. C'est dingue quand même, je me fichais de vous et…

— Ma femme me dit toujours que j'ai une bonne étoile qui veille sur moi. Mais bon, restons prudents, cela paraît un peu trop facile à mon goût. Le mieux serait de retrouver ses chaussures de randonnées, pour les comparer avec les moulages effectués par les experts de la scientifique !

— Dans l'idéal ce serait préférable. Rétorqua Curtis.

Jules et Curtis vaquèrent à leurs occupations pendant une bonne heure. D'une manière récurrente, ils avaient des comptes-rendus à rédiger à l'intention du procureur. Pendant ce temps, une équipe envoyée par Curtis investiguait du côté du fort.

Une fois l'équipe de retour à la brigade,

Curtis et Jules les interrogèrent.

— La pêche aux infos a-t-elle été fructueuse au fort ? Demanda Curtis.

— Oui, Raoul, Benjamin et Cédric ont été très coopératifs. Ils étaient encore sous le choc de la mort de Pauline. D'après eux, Pauline était bien malheureuse depuis au moins deux mois, cela se ressentait dans sa manière de travailler, elle était beaucoup moins motivée et ce n'était pas dans ses habitudes. La plupart du temps elle était méticuleuse et surtout joyeuse.

— Ils ont également remarqué à deux reprises un hématome au visage ainsi qu'au bras droit ! Elle avait prétexté une chute par maladresse. Aucun de ses collègues n'y croyait et je peux vous dire qu'ils regrettaient tous de ne pas avoir posé plus de questions. Reprit un brigadier.

— De toutes les manières, lorsqu'il y a maltraitance c'est très difficile à dépister surtout si le silence s'installe. En général, les victimes sont sous l'emprise de leur bourreau et là elles excusent tout, ou elles sont tout simplement mortes de trouilles. Intervint Jules

— Mais commandant, ai-je loupé un épisode ? Maltraitance dites-vous ? Intervint Curtis.

— Oui la pêche aux infos a été fructueuse également pour moi. En allant voir la famille Pascal et Pigeon, j'ai appris qu'Émilie était sous l'emprise de Fernand, elle semblait malheureuse et à la fin elle ne voyait plus ses parents alors qu'ils étaient très fusionnels. Pour Julie, des violences physiques ont été constatées à l'hôpital, mais elle a refusé de porter plainte. Par contre, pour la famille Leroy, Pauline n'a rien laissé transparaître. Ses parents étaient sous le choc lorsque j'ai annoncé que Fernand était le suspect numéro un. Pour eux, elle vivait un véritable conte de fées.

— D'accord je comprends mieux, mais quelque chose m'intrigue commandant, comment Pauline a pu cacher ses blessures à ses parents, surtout au visage ?

— Le maquillage fait des merveilles de nos jours, et elle ne voulait peut-être pas que ses parents mettent les pieds dans le plat, pour ne pas les mettre en danger.

— Votre hypothèse tient debout, conclut Curtis.

— Sinon, toujours aucune nouvelle de Fernand ? Son téléphone a-t-il émis un signal ? Demanda Jules.

— Rien de rien, et c'est plutôt mauvais signe. Répondit Curtis.

Le standard de la gendarmerie signifia à Jules que Stéphanie Simon venait d'arriver, et qu'elle patientait dans la salle d'attente.

— OK, laissez-moi cinq minutes pour appeler ma femme et j'irai la chercher en salle d'attente.

Jules était certain d'avoir assez d'éléments pour coffrer Fernand dans un premier temps pour le meurtre de Pauline. Il fallait maintenant demander une autorisation de perquisition en bonne et due forme pour le domicile de celui-ci. Une petite voix intérieure essayait tout de même de le mettre en garde pour ne pas foncer tête baissée dans cette enquête, parfois des revirements de situations pouvait arriver.

Il prit donc cinq minutes pour prévenir sa femme qu'il ne rentrerait pas le soir.

— Allô Myriam comment vas-tu ma chérie, et les filles ?

— Nous allons bien et toi ?

— Oui l'enquête avance bien je suis crevé. Je ne l'ai pas annoncé à Curtis, mais on va rester en planque ce soir et je ne serai pas très loin de toi en fait, mais je ne peux pas t'en dire plus. Je suis désolé de ne pas rentrer, embrasse les filles pour moi. Je vais faire mon possible pour vous emmener toutes les trois au restaurant demain soir. Je t'aime.

— Fais attention à toi Jules. Je t'aime encore plus.

Jules alla chercher Stéphanie en salle d'attente.

— Bonjour Madame Simon, désolé de vous avoir fait attendre, suivez-moi dans mon bureau, ce sera confortable. Dit le commandant Drumond.

— Je suis venu dès que j'ai pu. Déclara Stéphanie très émue.

— Je pense que vous avez dû voir dans les journaux ou entendre parler au village de l'assassinat de votre amie Pauline ?

— Oui et nous sommes tous sous le choc au village !

— Que pouvez-vous me dire sur Pauline, quelle personnalité avait-elle ?

— Elle était appréciée de tous, je vous avouerai que parfois j'étais jalouse de sa popularité surtout auprès des garçons. Elle ne passait pas inaperçue physiquement mais surtout elle était tellement gentille ma Pauline. Nous étions amies depuis au moins vingt-cinq ans et très proches. Adolescente nous faisions parfois le mur en pleine nuit pour rejoindre nos amis. Je savais tout d'elle, du moins je crois parce que quelque chose m'a certainement échappé sinon elle serait encore en vie, dit-elle en pleurant.

Jules tendit un mouchoir à Stéphanie.

— Prenez votre temps pour répondre. Vous-a-t-elle confié récemment quelque chose de particulier ? Questionna le commandant.

— Oui il y a quatre jours, Pauline m'a appelée en pleurant et m'a demandé si en cas de problème elle pouvait venir se réfugier chez moi. J'ai cru à une blague au début, et ensuite j'ai vite compris qu'il y avait un problème.

— Qu'est-ce-qui vous fait penser cela ? Demanda le commandant Drumond.

— Eh bien elle m'a confié qu'elle craignait pour sa vie et malgré mes questions qui s'enchaînaient, elle refusait de me donner plus d'explications. J'ai pourtant insisté et je l'ai encouragée à contacter la gendarmerie mais en vain.

— Elle m'a clairement dit que si elle le faisait ses parents seraient tués ! Sur le moment je me disais que cette situation était surréaliste, cela peut paraître bizarre, mais je n'y croyais pas vraiment. J'ai été une amie pitoyable, reprit Stéphanie.

— Vous n'avez en aucun cas à culpabiliser, ce n'est pas votre faute, en plus vous n'êtes pas formée pour faire face à ce genre de situation. Rétorqua le commandant.

— C'est difficile de croire que je ne reverrai plus jamais ma meilleure amie, je n'ose même pas imaginer ce que ressentent en ce moment même les parents de Pauline, quelle horreur !

— Oui c'est très éprouvant pour eux, perdre

un enfant est impossible à surmonter la plupart du temps. Je doute qu'ils y arrivent un jour, il y aura toujours un manque.

— Commandant j'ai une faveur à vous demander, retrouvez son meurtrier, il doit purger une lourde peine. Demanda Stéphanie.

— Je vous assure que l'on y travaille activement Madame Simon, c'est même notre priorité. Je vous remercie pour votre aide précieuse. Si vous vous souvenez de quelque chose d'autre, n'hésitez pas à nous contacter.

— C'est d'accord, au revoir commandant.

Il fallait faire vite, les parents de Pauline étaient peut-être encore en danger ? Une patrouille véhiculée assurerait une surveillance plusieurs fois par jour, pour dissuader qui que ce soit de s'en prendre à eux.

La tension était palpable, Jules avait l'impression d'avancer à l'aveuglette malgré les nouveaux éléments recueillis. Cette enquête était comme un puzzle, seulement, il manquait encore quelques pièces pour le finir.

Jules se devait de tout essayer, il contacta Curtis pour lui en parler mais un léger contretemps se produisit

— Allô Curtis, pouvez-vous venir tout de suite dans mon bureau. ?

— J'allais vous appeler, on a juste un petit problème devant la brigade. Vous devriez nous rejoindre, il y a au moins cinq chaînes de télévision qui veulent un communiqué de presse à propos du meurtre de Pauline, elles disent que la population est en droit de savoir s'il y a un tueur en série qui erre dans les rues de Villefranche-de-Conflent. Les parents de Julie ont contacté la presse sentant qu'on leur cachait certains éléments.

— Oh les crétins, cela risque de compromettre l'enquête. Normalement c'est au procureur John Prentis de parler, je le contacte tout de suite, essayez de les faire patienter un peu dehors.

Le capitaine Curtis essaya tant bien que mal de contenir les villageois ainsi que la presse, pendant que Jules contactait le Procureur.

— Allô Monsieur le procureur, il y a eu une fuite dans notre enquête concernant le meurtre de Pauline, et la foule s'excite un peu devant la brigade Pourriez-vous venir pour faire un communiqué ?

— Oui, j'arrive d'ici quinze minutes, mais vous devez apparaître à mes côtés devant les caméras pour calmer un peu la population.

— Bien Monsieur le procureur, mais vous savez que si je m'expose devant les caméras je vais mettre ma famille en danger.

— Vous connaissiez les risques commandant Drumond, il fallait accepter le programme de protection des témoins !

Quel abruti pensait Jules, il craignait désormais d'être repéré par le gang dirigé par Pablo qui avait assassiné son coéquipier Paul à Chambéry quelques mois auparavant. Jules devait prévenir en urgence Myriam pour qu'elle redouble de vigilance.

— Allô ma chérie, notre enquête a fuité et je vais passer à la télévision. Tu sais ce que cela implique ? Enferme-toi à la maison avec les filles quand je ne suis pas là et je vais mettre notre maison sous surveillance et sans l'approbation du procureur, il est capable de refuser juste pour m'embêter ! Mes collègues sont plutôt solidaires et sauront être discrets.

— Ne t'inquiète pas Jules, je sais tout comme toi manier les armes et si c'est nécessaire je m'en servirai pour nous défendre, crois-moi quand on me cherche on me trouve.

— C'est pour cela que je t'ai épousée, repris Jules, tu es courageuse et douce quand il le faut et un peu tête brûlée à la fois. Prends soin de toi, bises.

La famille Drumond craignait que Pablo soit déjà dans la région, car des journalistes avaient écrit un article au sujet de la mort de Pauline la veille, en précisant que Jules était en charge de l'enquête !

Jules avait l'intention de demander l'aide de Curtis pour protéger sa famille, il avait toute confiance en lui, pourtant cela faisait à peine deux jours qu'il le connaissait. C'était difficile à croire mais souvent Jules arrivait à sonder la personnalité de quelqu'un juste en le regardant droit dans les yeux. Parfois certaines personnes étaient pour lui comme un livre ouvert.

— Curtis, il faut que je vous confie certaines choses juste avant le communiqué. Venez discrètement dans mon bureau.

Jules était envahi d'un stress indescriptible !

— Pour faire court avant que j'arrive ici une affaire a mal tourné, ma tête a été mise à prix et ma femme et mes filles ont été menacées par un gang plutôt rancunier. Leur chef se nomme Pablo ! Pouvez-vous poster une équipe près de ma maison pour protéger ma famille ? Il faut que vous choisissiez des gendarmes de confiance. Je comprendrai que vous refusiez cette requête qui n'est pas officielle !

— On est une équipe commandant oui ou non ? Je ne vais pas vous laisser tomber en si bon chemin.

— Merci Curtis, je vais vous paraître un peu abusif mais avant ce petit souci avec la presse, je voulais vous demander de faire une planque de nuit avec moi devant la maison de Monsieur Vincent Bernard, il nous cache des choses celui-là, je le sens. Il n'habite pas loin de la clairière où je vis, à trois cents mètres environ, comme cela en cas de problème chez moi, on pourra y aller rapidement.

— Je vous l'ai dit commandant, je suis

disponible à condition d'avoir une super promotion à la fin…

— Je blague, reprit Curtis, je suis votre homme et je me charge de prendre des kebabs frites pour embellir notre planque.

— Merci encore, allez souhaitez-moi bonne chance pour le communiqué.

Un brigadier arriva vers Jules en courant.

— Commandant, le procureur vient d'arriver et il vous attend devant la brigade. Intervint un collègue tenant l'accueil de la brigade.

— Bon êtes-vous prêt Drumond demanda le procureur ? On va être assailli de questions par la presse, je vous demande juste de rester discret je vais essayer de rattraper vos bêtises. En gros vous n'ouvrez pas la bouche.

— Avec tout le respect que je vous dois, j'ai juste fait mon job et je ne suis pas maître de ce qu'a déclaré la famille Pigeon.

Le Procureur fit mine de ne rien avoir entendu !

— Allez on y va la tête haute Drumond.

Jules pensait tout bas que le procureur agissait juste comme un prétentieux, un ours mal léché. Il lui faudrait beaucoup de self-control pour ne pas lui infliger un coup de poing au visage.

— Bonjour à tous, je me nomme John Prentis procureur de la république. Je me tiens devant vous ce soir pour répondre à vos inquiétudes concernant le meurtre de Pauline Leroy survenu le 6 août au soir. J'ai cru comprendre que des rumeurs circulaient concernant un soi-disant tueur en série à Villefranche-de-Conflent. Celles-ci ne sont absolument pas fondées à ce jour, je vous invite à ne pas céder à la panique. Notre commandant Jules Drumond fait tout son possible pour appréhender l'agresseur de Pauline.

— Bonjour Monsieur le procureur, Manon Garié, journaliste pour la chaîne locale, j'ai à mes côtés Monsieur et Madame Pigeon qui affirment que le commandant qui se tient à votre droite, a confié à ce couple qu'il y a en vérité trois victimes, Émilie Pascal tuée il y a vingt ans, Julie Pigeon leur fille tuée il y a dix ans et pour finir Pauline Leroy. Le suspect numéro un serait Fernand Bernard, Pourquoi n'a-t-il pas été arrêté à ce jour ?

— Vous venez de le dire c'est un suspect et jusqu'à preuve du contraire il reste innocent ! Pour ne pas obstruer l'enquête en cours, je vous invite à faire preuve de patience et à faire confiance aux autorités compétentes, rentrez tous chez vous je n'en dirai pas plus ce sera tout !

— C'est un scandale ! On est en droit de savoir ! crièrent les journalistes soutenus par la population…

Soyez transparents bon sang !

— Vous les journalistes, vous ne savez que mettre de l'huile sur le feu ! Rétorqua le Procureur.

On entendait distinctement les cliquetis des appareils photos, le procureur se faisait huer par la foule. Il voulait les inciter à ne pas céder à la panique, eh bien c'était raté ! Le commandant Drumond prit la parole contre la volonté du procureur John Prentis.

— Mesdames et Messieurs, calmez-vous je vais vous donner quelques précisions. Oui, toutes les déclarations des parents de Julie

Pigeon sont vraies, et notre but est d'appréhender effectivement Fernand Bernard. Nous ne savons pas s'il est le tueur tant recherché. Ce qui est certain c'est qu'il y a bel et bien un tueur en série qui sévit depuis plusieurs années !

— On le savait, crièrent les villageois !

— À l'heure actuelle il reste introuvable, il aurait certainement été victime d'un enlèvement. C'est peut-être sans aucun lien avec les meurtres. Nous allons diffuser un appel à témoin avec son portrait pour le retrouver. Mais je crois que vous le connaissez tous, il tient un stand de bijoux au marché du village.

— T'inquiètes pas si on le trouve on lui règle son compte ! Cria un bien courageux inconnu…

— Si l'un d'entre vous sait quelque chose, reprit Drumond, venez nous voir directement à la gendarmerie, vos témoignages nous seront peut-être utiles, nous allons vous et moi nous unir pour le retrouver. Si quelqu'un le repère, surtout ne tentez rien, ne faites pas justice vous-même. Appelez-nous, restez prudent et ayez confiance je vous en conjure. À ce jour, nous ne savons rien sur le ou les kidnappeurs ! Et je le répète, Fernand reste présumé innocent.

— En vous remerciant pour votre compréhension et patience, reprit Jules, ce sera tout. Nous avons beaucoup de travail et nous reviendrons vers vous à la fin de cette enquête. Au revoir.

La foule ainsi que les journalistes finirent par partir grâce à l'intervention de Jules. C'était comme une petite revanche pour lui et de surcroît moins violent qu'un coup de poing. Décidément le procureur n'avait aucun tact, on pouvait se demander s'il aimait vraiment son métier. Il fallait s'attendre à ce que John Prentis soit furieux et on allait le savoir rapidement !

— Drumond dans votre bureau maintenant, vociféra le procureur, je dois m'entretenir avec vous.

— J'arrive tout de suite, répondit le commandant. Il sentait qu'il allait en prendre pour son grade.

— Mais pour qui vous prenez-vous ? Hurla le procureur. On ne m'a jamais autant ridiculisé pendant un communiqué. Si j'avais eu plus d'effectif, je vous aurais retiré l'affaire sur le champ, vous avez outrepassé vos fonctions. Croyez-moi pour cette fois, vous vous en sortez bien, votre bonne étoile ne sera peut-être pas toujours là !

— Je pensais bien faire Monsieur, la foule était sur le point de provoquer une émeute suite à vos propos mensongers ! Vous m'avez dit quoi tout à l'heure ? Que vous alliez réparer mes bêtises ! Vous me faites bien rire, c'est l'hôpital qui se moque de la charité !

— Je ne vous permets pas Drumond, vous aggravez votre cas, de plus vous exagérez un peu en parlant d'émeute, il y a deux tondus et trois pelés dans ce bled !

— Non je dis la vérité moi ! Vous vous êtes permis d'affirmer qu'il n'y avait pas de tueur en série alors que la population est en droit de savoir qu'il y en a très probablement un, ne serait-ce que pour se protéger !

— On m'a déjà parlé de vous Drumond, vous faites souvent preuve d'insubordination envers vos supérieurs et vous venez de me le confirmer. Rétorqua le procureur.

— Peut-être bien, mais on vous a sûrement dit aussi que je finissais chacune de mes enquêtes, répliqua Jules avec beaucoup d'aplomb.

Le procureur resta interdit quelques instants. Il s'approcha de la porte.

— Certes. Bon, je vous ai mis sur papier une autorisation de perquisition du domicile de Fernand Bernard. Retrouvez-le vite, les gens vont devenir fous ici ! Au revoir.

— Oui c'est ça au revoir et ne me remerciez surtout pas de vous avoir sauvé les fesses ! Jules claqua la porte de son bureau.

Il hallucinait, c'était plutôt rare de tomber sur de pareils hypocrites, on pourrait lui décerner une médaille à celui-là. Pensait Jules à haute voix. On toqua à la porte.

— Puis-je entrer commandant ?

— Oui Curtis.

— J'ai adoré la façon dont vous lui avez cloué le bec au procureur, toute la brigade a entendu vos propos. Les murs ne sont pas bien épais, je suis en admiration et je ne vous connaissais pas sous cet angle. Rappelez-moi de ne jamais vous contrarier !

— En même temps, il favorise son image de marque plutôt que la vérité et moi je ne supporte pas ce genre de personnage.

— C'est vrai, mais il est plutôt bon dans son domaine. Fit remarquer le capitaine Curtis.

— Bon, on va chercher des kebabs frites pour la planque de nuit ? S'exclama Jules.

— J'ai hâte d'être en tête à tête avec vous, j'en ai de la chance. Répondit Curtis avec de l'ironie.

— N'en faites pas trop quand même ce n'est qu'une planque, vous n'avez pas une petite tendance à lécher les bottes de vos supérieurs ?

— Mais non pas du tout. On devient rapidement fou si on ne rigole pas un peu dans ce métier commandant.

Une demi-heure plus tard le commandant Jules Drumond et le capitaine Curtis étaient postés devant la maison de Vincent Bernard tout en savourant leurs repas. La nuit s'annonçait longue ! Ils espéraient tous deux voir Fernand pointer le bout de son nez, l'endroit était très isolé. Et puis Vincent mentait sûrement, Jules le sentait.

— Alors commandant, vous vous régalez ?

— Ah oui merci, ma femme déteste les fast-foods, donc j'en profite. Vous savez Curtis, la planque risque d'être longue, il va nous falloir beaucoup de chance. Si vous voulez bien, j'aimerais apprendre à vous connaître un peu…

Curtis devint tout blanc. Puis, il se mit à parler sans s'arrêter !

— Eh bien il n'y a pas grand-chose à dire, j'ai été abandonné par mes parents à l'âge d'un an, j'ai passé quasiment toute ma vie dans des foyers et des familles d'accueil. Cela n'a pas toujours été facile. À dix-huit ans, je me suis retrouvé dans la rue pendant trois mois, j'ai survécu grâce aux foyers pour sans-abris…

— Ce n'est pas rien, il ne faut pas dénigrer votre vie de la sorte. Interrompit Jules.

— Et puis, continua Curtis, un bénévole m'a offert de m'héberger chez lui pendant une année. C'est à partir de ce moment que je suis rentré à l'école de gendarmerie. Je suis à la brigade de Villefranche-de-Conflent depuis dix ans déjà ! J'ai mon propre appartement bien entendu avec vue sur la montagne. Mon passe-temps, c'est la pêche dans les gorges de la région.

— Prenez-vous le temps de respirer quand vous parlez ?

Curtis n'entendit pas la réflexion de Jules tant il était stressé.

— Ah oui, j'allais oublier, continua Curtis, je suis à la recherche du grand amour, jusqu'à maintenant cela a été un gros fiasco.! Les filles de nos jours ne savent pas toujours ce que veut dire le mot engagement…

— Si c'est un appel au secours je ne peux rien pour vous Curtis je suis déjà marié ! Des services de rencontre s'en chargeront.

— Très drôle commandant, je recherche une femme, sans vouloir vous offenser vous n'êtes pas mon genre. Ricana Curtis.

— Trêves de plaisanterie, vous êtes très courageux Curtis et vous avez l'air d'être épanoui dans votre travail, pour le reste cela viendra en son temps j'en suis certain, vous êtes un homme agréable, patient et drôle.

— J'ai des défauts vous savez commandant. Je ronfle et cela m'arrive de m'énerver. Et puis, je suis peut-être un peu trop ordonné, à la limite de la maniaquerie ! J'ai sûrement fait fuir deux ou trois filles à cause de cela…

— C'est reparti, vous savez que vous pouvez être lourd Curtis ? Vous garderez ces détails pour l'agence matrimoniale ! Jules soupira.

— Et vous commandant ? Même si vous m'avez confié quelques brides de votre vie…

— Ce qui est certain c'est que j'ai eu une enfance heureuse, mon père était très présent et je me rends compte de cette chance. Je n'étais pourtant pas un enfant modèle… Mais nous n'avons pas forcément besoin de nous attarder sur ce passage honteux.

— Je veux tous les détails croustillants !

— En amour, c'était un peu plus compliqué, mon premier mariage fut un vrai fiasco. Je n'arrivais pas à faire le bon dosage entre boulot et vie de couple et pour ma défense mon ex-femme n'était pas très patiente vis-à-vis de mon travail.

— Oh que je vous comprends, dit Curtis

ironiquement.

Tout à coup ils furent interrompus par quelqu'un qui tambourinait sur la vitre conducteur, ce qui les fit tout deux sursauter. Curtis baissa timidement sa vitre

— Puis-je savoir ce que la gendarmerie fait près de chez moi à vingt-trois heures ? Je rêve ou vous m'espionnez ? Vociféra Vincent Bernard.

— Et bien oui et non, la loi ne l'interdit pas à ce que je sache, répondit le commandant Drumond.

— Dégagez tout de suite !

— Votre fils étant toujours introuvable, nous nous sommes dit qu'il viendrait peut-être vous voir puisque vous êtes son unique famille.

— Mais c'est que vous me prenez pour un idiot en plus, reprit Monsieur Bernard. Vous ne pensez tout de même pas me faire avaler ce tissu de mensonges ? Ce n'est pas au vieux singe que l'on apprend à faire la grimace !

— Non pas du tout, calmez-vous Monsieur, nous faisons notre travail. Intervint Curtis.

— Je vous ai vu à la télévision, interrompit

Vincent, mon fils serait peut-être un meurtrier alors ?

— J'en ai bien peur, dit le commandant, nous avons de plus en plus d'éléments qui nous le prouvent.

— Et pouvez-vous m'en dire plus sur ses soi-disant preuves ? Demanda Vincent.

— Non, malheureusement c'est impossible.

— Je ne suis pas certain que votre petite planque soit bien légale…

— Bien sûr qu'elle l'est, pour qui nous prenez-vous ? Nous ne sommes pas sur votre terrain, donc nous pouvons aller où bon nous semble, rétorqua Curtis.

— Pour des gendarmes pas très nets voilà tout ! Maintenant, fichez-moi le camp avant que je lâche mes bergers allemands.

Jules sortit de sa voiture pour impressionner Vincent.

— Maintenant vous vous calmez, sinon je vous mets en cellule de dégrisement. Vous empestez l'alcool à dix kilomètres, rétorqua Drumond.

— Oui mon commandant, dit Vincent en

titubant et en faisant le salut militaire. Il rentra chez lui.

Après deux heures infructueuses, les deux enquêteurs décidèrent de repartir, un peu déçus. Ils espéraient intercepter Fernand ou un contact quelconque pouvant conduire à l'éventuel kidnappeur de Fernand, à moins que ce dernier se soit volontairement caché.

— Dîtes donc commandant, fit remarquer Curtis, il risque de nous causer des ennuis celui-là, et je continue à penser qu'il nous cache des choses.

— C'est fort probable, soyons prudents, il faudra le mettre sur écoute téléphonique. J'espère que le procureur sera d'accord.

— Curtis, nous avons une chambre d'ami, reprit Drumond, restez chez nous ce soir. Demain, à la première heure, on fouille l'appartement de Fernand Bernard, je place beaucoup d'espoir avec cette perquisition.

— Volontiers, je suis vraiment fatigué.

En arrivant à son domicile Jules constata qu'une équipe était bien en place pour surveiller sa maison, Myriam devait être rassurée de se savoir protégée. Il était trois heures du matin et toute la petite famille dormait.

— Entrez Curtis, ne soyez pas timide et faites comme chez vous, la chambre d'ami ainsi que la salle de bain sont au bout du couloir. Je vous apporte tout de suite un pyjama et des vêtements de rechange pour demain, ils ne seront peut-être pas à votre goût. C'est tout de même mieux de vous doucher et vous changer ! Vous ne voulez tout de même pas qu'une colonie de mouches vous suivent, rigola Drumond.

— Très drôle, merci quand même commandant, je ne mérite pas autant d'attention. Dit-il sarcastique.

— Allez bonne nuit Curtis. Ah oui, j'allais oublier, départ à sept heures demain et ne réveillez pas les filles surtout.

4. Le 9 août 2020

— Bonjour Myriam, comment s'est passée ta journée hier ?

— Il est six heures Jules…, grommela Myriam.

— Je sais je dois partir tôt ce matin avec Curtis, je me suis permis de le faire dormir dans la chambre d'amis. J'ai réservé une table au restaurant chez Judith et Gérard pour vingt heures ce soir, tu m'y rejoindras avec les filles ?

— Bien-sûr les filles et moi avons hâte de passer un peu de temps avec toi.

— Allez endors-toi tu as encore un peu de temps avant que les fauves se réveillent.

— Sois prudent…

— Comme d'habitude voyons.

— C'est bien ça qui me fait peur, reprit Myriam perplexe.

Après une nuit de sommeil un peu courte et un petit déjeuner copieux, Curtis et Jules étaient fin prêts à partir en direction du domicile de Fernand.

Jules fut silencieux pendant tout le trajet, il

espérait trouver de nouveaux éléments pour y voir plus clair.

Quinze minutes plus tard, ils se trouvèrent devant la porte du concierge de Fernand.

— Bonjour monsieur, gendarmerie, commandant Drumond et capitaine Curtis. Vous êtes bien le concierge de l'immeuble ?

— Oui, vous avez vu l'heure ? Il est sept heures et quart ! Que voulez-vous ?

— Nous avons une autorisation pour perquisitionner l'appartement de Monsieur Fernand Bernard, pouvez-vous nous ouvrir s'il vous plaît ?

— Je suppose que je n'ai pas le choix, marmonna le concierge en traînant des pieds. Avez-vous retrouvé Fernand ? Je tombe des nues moi avec toutes ces histoires de meurtres, cela fait plus de vingt ans que je le connais et croyez-moi c'est monsieur tout le monde, gentil, serviable, et aucun voisin n'est venu se plaindre de lui à ce jour, c'est incompréhensible.

— Non, mon bon Monsieur, nous le recherchons activement et c'est pour cela que nous venons tout simplement trouver des indices. Personne n'est venu vous voir, mais cela ne veut pas dire qu'ils n'ont rien entendu ! Souvent on constate qu'il y a une certaine peur, ou bien un manque d'intérêt pour autrui ; surtout quand il s'agit de dénoncer des violences conjugales. Merci pour votre compréhension et coopération, nous vous rendrons la clé quand nous aurons fini.

— Fernand n'a jamais été violent, je le connais depuis longtemps le petit !

— Merci pour toutes ces précisions, de toutes les façons nous aurons le fin mot de l'histoire en poursuivant nos investigations.

— Curtis vous avez carte blanche pour retourner tout l'appartement, les relevés d'empreintes ont été faits hier à ma demande par la scientifique.

— Je vais passer chacune des pièces au peigne fin, rien ne m'échappera !

Au bout d'une heure, les deux enquêteurs n'avaient toujours pas trouvé d'indices pouvant incriminer Fernand, cela en devenait rageant. Quand soudain Curtis hurla de joie, il venait de faire une découverte capitale. Il se trouvait dans une chambre qui, à première vue, faisait cinq mètres carrés tout au plus et il pensait que cette pièce était bien petite, une bibliothèque disproportionnée se trouvait contre un mur. Il se mit à l'examiner dans tous les sens et remarqua vite qu'elle dissimulait une pièce... Un vrai trompe-l-œil !

— Commandant Drumond venez vite, vociféra Curtis, je viens de trouver une pièce secrète derrière la bibliothèque et c'est le jackpot. Ce sont les traces au sol qui ont attiré mon attention, par chance un gravillon coincé sous la porte a fait des rayures

— Alors là bravo, je pense que je serai passé devant ce détail. D'ailleurs, c'est dingue que la scientifique n'ait pas trouvé ce passage.

— Vous avez vu commandant ? Il y a des photos de nos trois victimes vivantes du temps où ils étaient en couple. Quelle horreur, Fernand a également pris des clichés juste après leur mort. Cela me donne envie de vomir, c'est glauque ! Son profil relève de la psychiatrie !

— Curtis, regardez, je viens de trouver dans

la commode un petit coffre contenant différentes mèches de cheveux blonds. Bon sang, je m'attendais à en trouver seulement trois et il y en a dix ! Combien a-t-il tué de femme ? Il faut interroger le concierge de nouveau, il a dû omettre un détail, ce n'est pas possible autrement, ou bien, autre hypothèse, il tuait d'autres femmes lors de ses séjours en hôpital psychiatrique !

— Mais comment est-ce possible commandant ?

— Il venait à l'hôpital sur la base du volontariat, il y avait peut-être des horaires de sortie un petit peu plus souples en journée, tout le monde sait que beaucoup de patients vont et viennent à l'extérieur.

— C'est fort probable, je suis impatient de lui mettre la main dessus pour le confronter à tous ces crimes. Répliqua Curtis.

— Bon je crois que nous avons fait le tour du domicile, emballez tous ce que l'on a trouvé, ce sont des pièces à convictions et envoyez-moi le plus vite possible les mèches de cheveux en analyse pour une recherche ADN. Je pense que nous aurons rapidement une concordance avec Émilie, Pauline et Julie.

Jules commençait un peu à paniquer, cette enquête devenait un cauchemar, ce n'était pas le moment de flancher, il fallait vite rebondir pour arrêter cette machine infernale. Il espérerait que Fernand ne fasse plus de victimes. À ce moment, personne n'était en capacité d'affirmer depuis quand il tuait, combien de victimes il avait faites, si elles avaient toutes été retrouvées et si son terrain de chasse s'étendait dans d'autres villes.

Souvent Jules se disait qu'il vivait dans un monde où la violence était bien présente, que de nombreuses vies étaient détruites à cause de la folie humaine ! Il prétendait ne pas croire en Dieu. Disons que ses parents ne l'avaient pas orienté dans ce sens, et pourtant il sentait au plus profond de son être que faire le mal n'était pas quelque chose de naturel, que quelqu'un de vraiment maléfique en était à l'origine et qu'il susurrait à l'oreille de l'humanité quoi faire.

Myriam, qui était Chrétienne depuis sa tendre enfance, lui répétait sans cesse que c'était tout simplement le diable qui provoquait tant de malheur.

Elle disait aussi que nous étions libres de nos choix et qu'à partir d'un certain âge nous pouvions faire la différence entre le mal et le bien. Pour elle les parents avaient tout de même un rôle très important vis-à-vis de leurs enfants, surtout dès les premières années de leur vie, inculquer de bons principes pour qu'ils soient armés en grandissant, et leur apprendre à s'aimer eux-mêmes pour qu'ils puissent arriver à aimer les autres. Malheureusement nous ne naissons pas tous égaux.

Jules voulait se rendre à l'hôpital psychiatrique pour en savoir davantage sur l'état mental de Fernand.

— Curtis, je pense que vous avez suffisamment de boulot pour vous occuper ce matin, reprit le commandant. Je vous dépose à la brigade et après cela je fonce à l'hôpital psychiatrique du coin, j'espère qu'un médecin acceptera de me parler au sujet de Fernand ! On fait bien entendu le point ce midi.

— Je ferai passer cette analyse en priorité

commandant, croisons les doigts pour que cela matche avec notre fichier de filles disparues.

— Oui, je l'espère aussi, excusez-moi Curtis ma femme cherche à me joindre sur mon portable…

— Allô Jules, viens vite nous chercher, j'ai peur.

— Mais parle, qu'est-ce qu'il y a ?

— Les gendarmes postés devant la maison ont été tués et il y avait un mot épinglé sur l'un d'entre eux disant : la prochaine fois, on tuera ta femme et tes filles. Sanglotait Myriam.

— As-tu appelé la brigade ?

— Oui bien-sûr, le GIGN arrive en renfort.

— J'arrive dans dix minutes, tiens bon, je raccroche, justement la brigade cherche à me joindre.

— Allô commandant Drumond j'écoute.

— Nous sommes en chemin chez vous l'équipe qui était postée…

— Oui je suis au courant et je suis en chemin avec le capitaine Curtis, dans combien de temps serez-vous à mon domicile ?

— Dans deux minutes commandant.

— Soyez prudent, ils sont peut-être plusieurs à les avoir tués, je suis persuadé que c'est un gang dirigé par un certain Pablo qui a fait le coup et ils sont déterminés à m'éliminer ainsi que ma famille, tenez-moi au courant en temps et en heure.

Jules était effrayé à la seule pensée qu'il arrive quelque chose à sa famille, heureusement Myriam savait se défendre. Si besoin, elle en ferait baver à celui qui voudrait lui faire du mal. Jules n'avait jamais roulé aussi vite, à peine arrivé il se précipita vers le groupe d'invention de la gendarmerie.

— Alors faites-moi un topo de la situation, demanda Jules.

— Nous avons posté dix hommes autour de la maison et pour l'instant nous avons quatre hommes dans notre ligne de mire, nous avons pu prendre des photos regardez…, dit un officier.

— C'est bien ce que je pensais c'est le gang dans lequel j'étais infiltré à Chambéry, qui m'a reconnu dans les journaux et qui vient comme promis tuer ma famille. Êtes-vous certain qu'il n'y a pas plus de truands autour de chez moi ?

— Oui, de plus votre femme nous tient régulièrement au courant de ce qu'elle voit, personne ne s'est encore introduit à l'intérieur mais si nous ne nous dépêchons pas d'intervenir cela peut arriver, rétorqua un officier du GIGN.

— C'est étonnant que ces brigands ne soient pas encore entrés en force chez moi, comme s'ils m'attendaient. Bon, je vous donne carte blanche pour intervenir, essayez si possible de les chopper vivants, j'aimerais qu'ils puissent être jugés pour le meurtre de mon ancien coéquipier. En cas de besoin, Curtis et moi sommes là. Affirma le commandant Drumond.

— Pour l'instant, restez à couvert. Nous ferons de notre mieux commandant ! Allez les gars, c'est parti, on intervient en douceur. Stop ! attendez, un homme est entré dans la maison.

On entendit des hurlements de petites filles, puis une voix forte se fit entendre.

— Jules sort de ta cachette ou je les flingue tout de suite, c'est Pablo, il faut que l'on cause !

— Si tu touches à un seul de leurs cheveux, je donne l'ordre de t'abattre sur le champ…

— À cause de toi Jules, je vis comme un fugitif, la moitié de notre gang s'est fait pincer par les poulets, alors aujourd'hui je viens me venger, ruiner ta petite vie tranquille !

— Tu ne crois pas que tu en as assez fait en tuant mon coéquipier ?

— Je n'ai plus rien à perdre et c'est pareil pour les larbins qui me servent de gardes du corps.

Myriam profita de l'échange qu'avait Pablo avec Jules, pour courir chercher son arme qui se trouvait à proximité. On entendit retentir un coup de feu puis un silence glaçant… Le ravisseur venait d'être touché à l'épaule et avait perdu connaissance.

Jules paniqué, courut bêtement vers la maison, heureusement couvert par le GIGN. L'intervention fut rapide. Dans un premier temps, un groupe de cinq hommes se chargèrent de sécuriser la maison, en lançant des grenades assourdissantes, deux chiens dressés se faufilèrent entre les fourrés et étaient prêts à appréhender les trois autres malfrats.

Malheureusement plus coriaces, ils ne voulurent pas obtempérer et se mirent à tirer dans tous les sens. Un chien fut abattu, puis en deux temps trois mouvements, un bandit tomba au sol puis un autre sous le coup des balles. Une seconde plus tard, le troisième homme fut stoppé net par un chien, il ne resta plus qu'à lui passer les menottes.

Le groupe d'intervention était entraîné pour ce genre de mission, ils étaient extrêmement efficaces.

— C'est bon, commandant votre famille est hors de danger, nous allons rapatrier ces deux lascars à Chambéry pour qu'ils soient interrogés et puis jugés. Nous espérons pouvoir enfin démanteler ce réseau de drogue.

— Je l'espère aussi, reprit Jules, il faut que mon coéquipier Paul ne soit pas mort en vain. Merci d'avoir protégé ma famille.

— C'est notre boulot, allez on a fini, on met les voiles les gars, le SAMU est en chemin. Pablo ainsi que les deux victimes seront pris en charge. Pablo sera hospitalisé puis incarcéré dans l'attente de son procès, mais bon rassurez-vous, il va prendre quelques années à l'ombre. Nous sommes sincèrement désolés pour vos collègues. Au revoir commandant Drumond.

Une fois le danger écarté, Jules courut vers sa famille, c'était bon de pouvoir les serrer dans les bras. Pendant un instant, il crut ne plus jamais les revoir en vie. Ses filles Lia et Lucie étaient traumatisées, il leur faudrait une bonne thérapie pour encaisser toute cette violence.

— Papa tu es là… pleurèrent ses filles, on a eu trop peur avec maman.

— C'est fini mes puces, les hommes qui nous voulaient du mal ont tous été arrêtés, vous êtes en sécurité. Et toi Myriam tu vas bien ?

— Oui, un peu tremblante, mais je suis bien contente que ce soit fini, par-contre, on va reporter notre petite soirée au restaurant, on a besoin d'être au calme pour assimiler cette matinée assez traumatisante.

— Mais oui ma chérie, c'est normal, je me demande même comment tu arrives à penser à ce genre de détail, je vais rester à la maison quelques jours avec vous.

— Non, ne t'inquiète pas, je sais que le temps est compté pour ton enquête, et on va se changer les idées en jouant…

— Cela m'angoisse de vous laisser.

— Vas-y je te dis

— D'accord, appelle-moi si tu as besoin de quoi que ce soit et ne cuisine pas ce soir, je reviendrai avec des plats à emporter du restaurant, prenez soin de vous.

Jules culpabilisait d'aller au travail, pourtant le temps était effectivement compté pour retrouver Fernand, était-il encore de ce monde ? Ou bien se cachait-il ?

Le SAMU ainsi que les pompiers arrivèrent pour constater que deux gendarmes avaient été lâchement assassinés et que deux truands gisaient au sol, il n'y avait donc plus rien à faire pour eux. C'était toujours difficile pour ces gens dévoués d'arriver trop tard, leur but étant d'ordinaire de sauver autrui. Cependant Pablo était en vie et avait besoin d'être pris en charge rapidement, il n'était pas question de laisser son état se dégrader.

Dans la foulée, Vincent Bernard arriva en trombe et interpella Jules et Curtis qui étaient sur le point de partir.

— Commandant Drumond attendez…

— Qu'est-ce qu'il y a mon cher voisin ? Je suis pressé, répondit Jules agacé.

— Mais c'était quoi tout ce raffut, vous faites des simulations à balle réelle avec vos collègues ?

— Non pas vraiment, vous vous croyez drôle ? Ma famille a été attaquée par un gang qui nous recherchait depuis quelques mois, nous avons fait appel au GIGN pour en venir à bout, je ne peux pas vous en dire plus.

— Il y a eu du carnage dites-moi… Rétorqua Vincent Bernard en rigolant !

Ils furent interrompus par des journalistes, cela ne faisait aucun doute que son voisin ronchon les avait prévenus pour se venger d'avoir été importuné à plusieurs reprises ! Jules pensait qu'il n'était pas au bout de ses peines avec cet homme, il n'arrivait pas à cerner sa personnalité. Était-il roublard ? Ou bien était-il seulement juste âgé et triste ?

C'était très difficile à dire, il fallait le côtoyer davantage pour en arriver tirer cela au clair.

Une des journalistes prit la parole :

— Manon Garié, journaliste pour la chaîne locale, vous êtes maintenant en direct, que pouvez-vous nous dire sur cette fusillade commandant Drumond ?

Jules, pris un peu au dépourvu, répondit d'une manière très concise

— Je sais que vous faites votre travail, mais je n'ai pas le temps pour une interview détaillée, tout ce que je peux dire, c'est que ma famille a subi une attaque d'un gang venant tout droit de Chambéry.

— Vous pouvez nous en dire plus ? Cette attaque a-t-elle un quelconque lien avec les meurtres survenus dans la région ?

— Pour répondre à votre première question, non l'affaire doit être jugée au tribunal, vous en saurez plus dans quelques mois par vos confrères. Pour la deuxième question cela n'a rien à voir avec l'enquête en cours, maintenant laissez-moi faire mon travail. Au revoir !

— Merci commandant Drumond, reprit

Marion Garié.

— Quelle matinée de fou, dit Curtis, ce gang n'a pas perdu de temps pour vous retrouver. Ce Pablo a littéralement perdu la boule depuis que vous avez démantelé une partie de leur réseau de drogue.

— Oui, mais le plus triste dans cette histoire, c'est que nous avons perdu deux de nos collègues. Je redoute le moment où je vais devoir l'annoncer à leur famille. Vous souvenez-vous de la réaction de la famille Leroy lorsque nous leur avons annoncé le décès de Pauline ? La maman s'est effondrée et a perdu connaissance pendant quelques minutes. Personne sur cette terre ne devrait vivre de telles horreurs. Enterrer son propre enfant n'est pas dans l'ordre naturel des choses.

— Déposez-moi à la brigade et je me chargerai de prévenir les familles de nos deux collègues. C'est à moi de le faire commandant, je les connaissais bien. De plus vous avez eu votre lot d'émotions pour aujourd'hui. Je vois bien que ce Pablo vous a traumatisé depuis la mort de votre coéquipier, et aujourd'hui il s'est attaqué à votre famille, ce n'est pas rien.

— Ce n'est pas de refus merci, il est vrai que je ne m'en sens pas capable ! Je vais essayer de me concentrer sur Fernand, le temps presse. Après mon détour à l'hôpital, on se retrouve cette après midi au cimetière de Vernet-les-Bains, j'ai reçu un e-mail de Timothé Leroy tôt ce matin m'annonçant que l'enterrement de Pauline était à quinze heures. Souvent les tueurs se délectent d'assister à ce genre de cérémonie. J'espère que nous pourrons le démasquer à cette occasion

— C'est entendu, j'y serai.

L'hôpital par chance se trouvait à Prades, près de Vernet-les-Bains. Jules se rendait plus précisément au Centre de Jour en Santé Mentale. Il espérait soutirer des informations au médecin qui suivait Fernand, il y avait le problème de la déontologie, il était soumis au secret médical, peut-être allait-il faire une entorse compte-tenu de la situation ! Qui ne te tente rien n'a rien !

En arrivant à l'accueil du centre, Jules se présenta avec sa carte de gendarmerie et sollicita un entretien d'urgence avec le docteur de Fernand, argumentant qu'il s'agissait d'une question de vie ou de mort. Il fallut quelques secondes seulement pour retrouver dans les fichiers patients le nom de celui-ci, il se nommait Dr G. Bichon. Malheureusement c'était son jour de repos, Jules insista pour qu'il vienne à l'hôpital.

— S'il vous plaît, c'est urgent, demandez au docteur de venir, ou je peux aussi bien aller à son domicile s'il préfère.

— Je pense que le docteur préférera vous recevoir ici, je fais le nécessaire pour qu'il accepte…

— Merci, vous êtes bien aimable madame.

Le docteur finit par accepter de venir rencontrer Jules. Fernand était l'un de ses plus anciens patients. Il s'était attaché à ce garçon au fur et à mesure des années, le prenant un peu sous son aile comme un oisillon en détresse. Fernand avait appris à se débrouiller seul matériellement depuis l'âge de vingt ans, en revanche son état psychologique était tout autre et c'est là que le Dr. Bichon intervenait. Il faisait un peu office de père et mère à la fois. L'écouter était facile mais si Fernand avait un besoin bien spécifique, le Dr. Bichon se permettait d'outrepasser sa fonction de médecin pour lui venir en aide. Il passait régulièrement le voir chez lui pour qu'il ne reste pas seul dans les moments difficiles. Il pouvait leur arriver de partager des instants heureux également en allant faire des randonnées en montagnes, c'était une passion qu'ils avaient en commun.

Le Docteur avait gagné un fils en rencontrant Fernand. Lui et sa femme avaient essayé de fonder une famille pendant des années mais en vain. L'adoption n'était pas envisageable du point de vue de sa femme. Il avait fini au fil du temps par se contenter de cette situation. Fernand était son exutoire. Il était heureux de pouvoir s'investir autant pour cet homme qui souffrait depuis toujours, et qui avait besoin d'un confident infaillible.

Pour travailler en tant que soignant dans le centre de psychiatrie, il fallait aimer profondément les gens, se disait Jules tout en patientant.

Il y avait tant de misère humaine dans ce monde, les gendarmes la côtoyaient chaque jour sur une échelle plus petite. Cela suffisait amplement à Jules surtout quand il s'agissait de meurtres en tous genres.

Les docteurs prenaient en charge les souffrances de l'esprit et les troubles mentaux, certains patients se mettaient temporairement à l'écart de la société et du quotidien pour aller mieux, volontairement ou pas. Pour une catégorie d'individus, cela pouvait prendre quelques années avant d'atteindre de bons résultats, pour d'autres quelques mois seulement. Malheureusement, il y avait aussi ceux qui ne pouvaient jamais voir d'amélioration à cause du fort degré de pathologie ! Beaucoup de personnels soignants se sentaient impuissants face à cette fatalité.

Le Dr. G. Bichon arriva trente minutes plus tard…

— Bonjour Commandant Drumond, c'est ça ?

— Oui, merci de vous être déplacé un jour de repos.

— Suivez-moi nous serons mieux pour parler dans mon bureau, je ne voudrais pas que des oreilles indiscrètes puissent entendre ce que je vais vous dire. Je suis venu, car j'ai été réellement surpris. Vous avez dit à ma secrétaire médicale que c'était une question de vie ou de mort et que vous vouliez me poser des questions à propos de mon patient Fernand Bernard…

— Oui, on pense qu'il est peut-être à l'origine de plusieurs meurtres et qu'il pourrait encore tuer, on a besoin de vous pour apprendre à le comprendre, anticiper au besoin ses réactions.

— D'ordinaire, je ne pourrai pas y répondre, seule la famille peut avoir un droit d'accès à son dossier, mais j'ai vu le communiqué que vous avez donné hier avec le procureur et je comptais vous contacter à ce sujet. Pour être honnête je ne crois pas du tout à sa culpabilité. Vous disiez qu'il avait peut-être été enlevé. L'avez-vous retrouvé ? Comment pouvez-vous affirmer qu'il soit le tueur tant recherché ?

— Pour répondre à votre première question,

nous ne l'avons pas encore retrouvé. Pour ce qui est de sa culpabilité, nous avons en notre possession des éléments qui vont dans ce sens ! Nous venons de trouver des photos de Pauline, Julie et Émilie prises juste après leurs meurtres ainsi que des mèches de cheveux leurs appartenant sûrement, nous sommes en attente des résultats ADN. Alors qu'est-ce qui vous fait penser le contraire Dr. Bichon ? Votre opinion m'intéresse énormément.

— Le fait que vous ayez trouvé autant d'indices ne prouvent en aucun cas qu'il est coupable ! Ce n'est peut-être qu'une mise en scène ? Quelqu'un a peut-être déposé tous ces indices pour l'incriminer, et ce quelqu'un est sûrement le vrai tueur.

— Je n'y crois pas ! Votre hypothèse est un peu simple.

— Cela fait vingt ans que je le soigne et je le connais comme ma poche. Je le considère comme mon fils, je sais que ce n'est pas très conventionnel, mais je passe souvent du temps avec lui hors de l'hôpital. Il souffre d'un trouble de la personnalité, il est pervers narcissique, pas tueur en série. Affirma le Docteur.

— Quels sont les symptômes de cette maladie ?

— Alors pour faire court, Fernand est un homme qui a une image très négative de lui-même, il se valorise en rabaissant tout simplement les autres. Bien sûr, en apparence il paraît sûr de lui et cela devient une obsession de se faire admirer. Souvent ce sont les proches qui en font les frais. Quand il est en crise, il arrive à manipuler son monde pour tourner la situation à son avantage.

— Pensez-vous qu'il puisse être violent ? Demanda Jules Drumond.

— En théorie, il peut l'être effectivement pour asseoir son autorité, mais aller jusqu'à tuer autrui, non je suis formel !

— Comment pouvez-vous être formel ?

— Vous savez un pervers narcissique a aussi besoin d'être aimé, il a juste une drôle de manière de l'exprimer. Fernand a eu une succession de malchances, il a toujours vu son père boire à outrance. À cause de cela, il subissait des violences physiques à répétition ainsi que sa mère. Il était enfermé parfois dans la cave seul ou avec sa mère et ne mangeait pas durant deux jours. Son père n'a jamais su lui donner de l'amour, il était rabaissé en permanence. Et puis à l'âge de dix ans, sa mère les a abandonnés un beau matin sans aucune explication. Pendant les années qui ont suivi, son père ne s'est pas privé de constamment lui rappeler qu'elle avait choisi de les abandonner, que Fernand était un bon à rien, etc. Pouvez-vous imaginer le traumatisme chez un enfant si jeune d'entendre de pareilles inepties ? Il m'a dit que sa mère avait toujours été aimante avec lui, elle le protégeait de son mieux parfois recevant les coups à sa place

— Oui, je pense que cela doit avoir de nombreuses conséquences au niveau de l'équilibre mental. Vous dites que son père lui a répété pendant plusieurs années qu'elle avait choisi de les abandonner car Fernand était un bon à rien. En êtes-vous convaincu ? Demanda le commandant.

— Lors d'une séance, il m'a laissé entendre

que son père était un horrible menteur et que sa mère n'avait jamais disparue volontairement.

— Docteur…, avez-vous essayé d'en savoir plus ?

— Oui, mais il s'est renfermé sur lui-même.

— Savez-vous si Célia Bernard est encore en vie ?

— Je ne pense pas, Fernand me l'aurait dit, et puis il en parle toujours au passé. Cela reste à confirmer bien entendu.

— Depuis quand est-il malade ?

— Il y a de grandes chances qu'il ait développé sa maladie durant son enfance. Pour l'avoir écouté pendant des heures, il a essayé de trouver l'amour qu'il n'a pas reçu de ses parents étant petit ! Il m'a confié à de nombreuses reprises qu'il s'y prenait comme un manche à balai au niveau relationnel, et que toutes ses compagnes ne le comprenaient jamais et ne l'aimaient pas à sa juste valeur.

— Rien d'étonnant, il n'a pas eu de bons exemples, Fit remarquer Jules Drumond.

— C'est ça, de plus nous reproduisons souvent en tant qu'adultes, ce que l'on a vu petit au sein de son foyer. Et puis, l'assassinat de ses deux premières fiancées reste un traumatisme, il est dans l'incompréhension, d'après moi il ne sait pas qui a pu commettre de tels actes.

— C'est louche vous voulez dire. Combien de probabilités existent-elles pour que cela se produise trois fois, c'est dingue quand même. C'est certain il ne veut pas avouer qu'il les a massacrées voilà tout !

— Je vous l'accorde, toutes les apparences sont contre lui, je vous suggère de tout reprendre à zéro et je suis sérieux, il faut élargir la liste des suspects commandant, je ne veux surtout pas vous apprendre votre travail !

— Donnez-moi une bonne raison de le faire, car je ne peux pas me baser que sur votre ressenti. Et puis vous n'êtes pas objectif du fait qu'il soit plus qu'un patient pour vous.

— J'entends bien commandant, croyez-moi j'ai bien la tête sur les épaules. Ma complicité avec Fernand n'interfère en aucun cas avec la réalité. Lorsque ses compagnes sont mortes, il est venu me voir pour une hospitalisation en soins libres. Il avait énormément de mal à encaisser tant de violences. Il suit un traitement médicamenteux depuis plusieurs années pour s'en sortir. L'acceptation de la maladie lui a pris énormément de temps. Beaucoup de personnes n'y arrivent jamais.

— Qu'est-ce que cela prouve ? Demanda Jules.

— J'y viens, le paradoxe avec sa maladie mentale c'est qu'il avait besoin d'être aimé en retour, alors pourquoi les aurait-il tuées ? Demanda le docteur.

— À cause de sa frustration, il a tout de même échoué dans ses relations amoureuses. Répondit Jules.

— Vous voulez avoir réponse à tout commandant, mais ce n'est pas la vérité, qu'est-ce que cela coûte d'approfondir vos recherches ?

— Vous savez, reprit le docteur Bichon, il a toujours eu des problèmes relationnels avec ses compagnes, il n'avait pas toujours la meilleure attitude comme je vous le disais, mais je n'ai jamais vu un patient atteint de cette maladie, avec autant de volonté de changer dans le bon sens. Je ne sais pas quoi dire d'autres pour vous convaincre.

— Bon d'accord, on va creuser un peu plus. On verra bien où cela nous mène, je pense que j'y vois plus clair. Je vous remercie pour votre aide, au revoir Docteur Bichon.

— Au revoir, et n'hésitez surtout pas à me recontacter, il a besoin de recevoir de l'aide, pas d'être traqué, j'insiste.

Quel bazar pensait Jules. Le Docteur avait réussi à lui mettre un sacré doute quant au fait que Fernand n'était probablement pas le tueur tant recherché. Il venait de comprendre qu'il avait peut-être foncé tête baissé depuis le début et choisi la solution de facilité ! Cet enchaînement d'indices paraissait tellement convainquant. Après tout, l'hypothèse que Fernand ait été victime d'une machination, ayant pour but de lui mettre ces meurtres sur le dos était à explorer, mais quel était le mobile alors !

Il fallait maintenant se rendre à l'enterrement de Pauline. Toute la population de

Villefranche-de-Conflent ainsi que de Vernet-les-Bains y serait, ils avaient été particulièrement émus par cette tragédie. Chacun devait venir habillé avec un T-shirt blanc et muni d'une rose blanche pour soutenir la famille Leroy dans cette épreuve, un lâché de ballons également blancs, aurait lieu après la cérémonie en son hommage.

À peine arrivé au village, on pouvait voir ce rassemblement impressionnant vêtu de blanc, chacun se dirigeait silencieusement suivant le cortège funéraire, vers l'église Saint-Saturnin qui surplombait toute la station thermale. Curtis attendait Jules non loin du lieu de culte. Il guettait depuis un petit moment les allers et retours de chacun, il espérait trouver Fernand.

Jules vint à sa rencontre pour lui rapporter sa conversation avec le Dr G. Bichon… Curtis fut abasourdi en entendant le récit de son supérieur.

— Alors là commandant je suis complètement perdu, s'exclama Curtis. Bon concrètement, que faisons-nous ?

— On continue à observer tout simplement.

— Si ce n'est pas Fernand, où est-il ? Est-il en danger ? Cela remet tout en cause…

— Calmez-vous Curtis, prenez le temps de respirer.

— C'est juste que l'on avait tellement de preuves ! Il sortit machinalement son inhalateur pour en prendre une bouffée.

— Oui je sais, j'éprouve une grande frustration moi aussi. Le Dr Bichon était plutôt convainquant et sincère avant tout ! Il y a forcément quelqu'un qui se fiche bien de nous, et qui s'est donné beaucoup de mal pour brouiller les pistes. Il faut que l'on garde la tête sur les épaules et que l'on se pose les bonnes questions. Je reste persuadé que la solution se trouve avec les proches des victimes. Qui était le plus souvent à graviter autour de Fernand et des victimes ? C'est cette question que nous devons garder à l'esprit.

Jules pensait que la nature humaine était tellement complexe, sans compter le fait que nous naissons tous avec des bagages bien lourds selon le passé de nos aïeuls. Et puis il y a le caractère et la culture de chacun qui peuvent être différents.

L'église était bondée, il n'y avait pas assez de sièges pour accueillir tout le monde. Un écran gigantesque avait été installé à l'extérieur à cet effet. Le prêtre donna un message magnifique d'espoir qui parlait de retrouver nos proches après cette vie, que nous n'étions pas seuls pour surmonter les épreuves de la vie, que nous pouvions déposer nos fardeaux sur Jésus-Christ, seulement il fallait y croire…

Les parents de Pauline très émus prirent chacun la parole, en remerciant très chaleureusement la population pour son soutien inconditionnel. Ils espéraient obtenir justice pour leur fille et avaient également l'objectif de pardonner à son tueur. Haïr cet homme disaient-ils, ne les aiderait pas à rester debout et ne leur rendrait pas Pauline, ils voulaient chérir de préférence les bons moments passés en sa présence. Pour une personne lambda cela aurait été compliqué à faire, de mauvais sentiments auraient pris le dessus.

L'enterrement fut tout autant émouvant, un petit orchestre jouait, mon Dieu plus près de toi, chacun déposa une rose sur le cercueil. Pour un dernier au revoir, les ballons furent lâchés en symbole de pureté et de liberté tel une colombe prenant son envol. Petit à petit tout le monde quittait le cimetière pour laisser les parents de Pauline se recueillir en toute intimité devant sa tombe.

Nos deux enquêteurs restaient très attentifs aux mouvements de la foule.

— Regardez commandant, c'est Vincent Bernard, gravitant autour de la famille Pigeon et de la famille Pascal ! Mais pourquoi les observe-t-il de la sorte et surtout qu'est-ce qu'il fait ici celui-là ? Je le croyais dépourvu d'humanité…

— Oui c'est vrai, c'est étrange, il se déplace dans une autre ville pour une fille qu'il ne connaît probablement pas. Par contre, cela ne l'intéresse pas du tout de savoir où se trouve son fils ! Pouvez-vous l'interpeller discrètement à la sortie du cimetière, je vous rejoins juste après, je ne voudrais surtout pas perturber la famille Leroy.

— Bien j'y vais commandant.

— Bonjour, Mr Bernard capitaine Curtis, nous aimerions vous parler de votre fils.

— Et moi j'en ai aucune envie et je vous l'ai déjà dit il me semble…

— Oui mais le hic c'est que vous n'avez pas le choix, soit vous coopérez ou soit je vous amène au poste, alors que choisissez-vous ?

— Et pour quel motif ? Vous me faites marrer, cela commence à friser le harcèlement, je n'ai rien à me reprocher moi monsieur le gendarme, je suis un honnête homme, j'ai trimé toute ma vie, et j'aspire à une retraite paisible !

— Pour obstruction à l'enquête en cours par exemple, dit ironiquement Curtis.

— Bon ça va, faites vite.

Entre-temps, Jules arriva.

— Bonjour Mr Bernard, nous sommes vraiment surpris de vous voir ici…

— Et pourquoi donc ? Je rends hommage comme tout le monde à cette pauvre Pauline, est-ce un crime ?

— Non ce n'est pas un crime, nous commençons à vous connaître un peu, vous êtes ici soi-disant pour une bonne cause, alors que vous ne voulez même pas savoir où se cache votre fils. Avouez que cela interpelle !

— Je ne suis pas d'accord monsieur le gendarme.

— Moi c'est commandant Drumond, ne vous fichez pas de moi je ne suis pas d'humeur.

— Oh pardon Monsieur Commandant, rétorqua Vincent Bernard.

— Je vais vous poser la même question qu'à notre première rencontre, où est votre fils ?

— je n'en sais rien du tout, et j'espère que vous le retrouverez, parce que si tout ce que j'ai vu à la télévision est vrai, j'ai engendré un tueur et je n'en suis pas fier, on pense connaître nos enfants, on leur inculque des valeurs et pourquoi ? Pour rien !

— Arrêtez votre baratin Mr Bernard, je reviens tout juste du centre psychiatrique où votre fils est suivi actuellement et ce que j'ai appris sur l'enfance de Fernand est abominable et impardonnable.

— Qu'est-ce que cet ingrat est encore allé dire ? Je suis certain qu'il a raconté n'importe quoi pour se faire remarquer.

— Vous l'avez humilié et maltraité toute son enfance ainsi que sa mère. Cela ne vous dit rien ?

— C'est faux !

— Comment ça c'est faux ? Qu'est-ce que cela vous apporte de le nier ? Vous avez enfermé régulièrement votre propre fils dans une cave, en l'affamant pendant plus de vingt-quatre heures. Il prenait des coups sans raison lorsque vous aviez abusé de l'alcool. Je n'ose même pas imaginer ce que votre femme a subi. Vous avez de la chance qu'il y ait prescription sinon vous seriez en prison ! Et d'ailleurs, où se trouve votre femme ? Cela fait trente ans qu'elle a disparue. Votre fils a laissé entendre au docteur qu'elle n'était pas en vie ! Votre vie est bien mystérieuse tout de même.

— À moins que vous ayez un motif valable pour m'arrêter, nous allons stopper cette discussion ridicule, je refuse de répondre à une question de plus, désormais ce sera en présence de mon avocat, compris ? Ou bien je me plains à vos supérieurs.

— Oh là j'ai peur Monsieur Bernard, dit

Jules Drumond sarcastique. C'est votre droit, restez joignable. On vous conseille de ne pas quitter la région tant que votre fils n'aura pas été retrouvé, c'est compris ? Nous restons convaincus le capitaine et moi que vous nous cachez potentiellement des éléments. On finira par trouver et le prouver…, allez vous pouvez partir.

— Bon rentrons à la caserne, continua Jules, on a plus rien à faire ici.

— Alors là je ne comprends pas, vous le laissez partir ? Il n'a pas voulu répondre à notre dernière question. Rétorqua Curtis.

— Oui, s'il a quoi que ce soit à se reprocher, il commettra forcément une erreur.

— D'accord mais c'est plutôt risqué ! S'il devient trop soupçonneux il prendra la fuite c'est une évidence !

— C'est un risque à prendre, ne croyez-vous pas Curtis ?

— Vous avez certainement raison mon commandant.

Nos deux enquêteurs commençaient de plus en plus à croire à la thèse du Dr. Bichon.

Auraient-ils trouvé un nouveau suspect ? C'était encore trop tôt pour le dire. Que cachait Vincent Bernard ? Cet homme était manipulateur, menteur, violent dans le passé. Serait-il possible qu'il le soit encore ? Il jouait le rôle d'un retraité parfait, sans histoire et simple d'esprit, il ne fallait pas se fier aux apparences, il était au contraire très intelligent.

À peine arrivé Curtis eut une idée lumineuse

— Commandant, j'ai une petite suggestion à faire.

— Allez-y Curtis, je suis preneur, au point où nous en sommes.

— Je pense comme vous que nous devons nous concentrer sur l'entourage des victimes mais également sur celui de Fernand.

— Oui, développez un peu plus…

— Il faut interroger les voisins de Fernand, on sait par expérience que les gens ont tendance à devenir muets face à des violences conjugales par peur de représailles ou tout simplement par honte de trahir un voisin et d'être la risée du quartier. Il y a aussi une catégorie de gens qui restent derrière leurs fenêtres et voient absolument tout. Il serait judicieux d'aller interroger l'immeuble où vit Fernand et d'aller interroger à nouveau les habitations mitoyennes.

— Oui c'est une bonne initiative, ses voisins ont eu certainement le temps de l'observer depuis plusieurs années. Prenez David avec vous, il rêve d'aller sur le terrain et a besoin d'action. Interrogez le plus de voisins possible cette après-midi

— Pas de problème commandant.

Jules vit une enveloppe inhabituelle sur son bureau.

— Oh attendez Curtis, les résultats du labo sont sur mon bureau, on va les lire ensemble. D'après le compte-rendu, trois mèches de cheveux correspondent à l'ADN d'Émilie, Julie et Pauline. Pour les sept autres mèches, il n'y a aucune concordance avec les victimes retrouvées dans la région les trente dernières années. Le mystère persiste, depuis combien de temps le tueur sévit-il ? Quel est son mobile ? Au final, on revient toujours à la case départ. Je suis vraiment un gendarme de pacotille.

— C'est assez perturbant de ne pas savoir effectivement, mais cela ne veut pas dire que vous êtes un gendarme de pacotille ! On va trouver la solution à force de persévérer, il faut rester positif.

— Ce qui est certain, rétorqua Jules, c'est que les mèches appartiennent à des victimes qui n'ont pas été retrouvées, que des familles pleurent encore. Il faut que l'on consulte les fichiers des personnes disparues au-delà de notre région et au moins pour les vingt dernières années. Et puis peut-être que le tueur a plusieurs modes opératoires…

— Tout est possible, on voit tellement de détraqués dans ce monde !

David arriva en courant dans le bureau de Jules…

— Commandant, vous allez halluciner ! J'ai Vincent Bernard au bout du fil et il vient de recevoir une demande de rançon du ravisseur de Fernand, il tient absolument à vous parler.

— Tiens comme par hasard, quand on parle du loup ! Transférez l'appel dans mon bureau s'il vous plaît, j'ai hâte d'entendre ses explications.

— Oui tout de suite.

— Allô commandant Drumond ? Il faut absolument que vous m'aidiez.

— Je vous écoute calmez-vous.

— Mon fils a bel et bien été enlevé…

— Ah parce que vous avez un fils maintenant ? Interrompit Jules sur un ton ironique.

Vincent resta de marbre face à cette remarque piquante…

— Ses ravisseurs exigent une rançon de deux millions d'euros en échange de mon fils, vous vous rendez compte ? Je suis qu'un vieux retraité qui a difficilement gagné sa vie, juste de quoi payer la maison dans laquelle j'habite. Comment vais-je réunir cette somme moi, c'est impossible ?

— Je répète calmez-vous. Quelles sont les conditions des ravisseurs ? Demanda le commandant Jules Drumond.

— Si je préviens la gendarmerie il menace de tuer Fernand, mon unique enfant. Ensuite, ils veulent de l'argent en coupure de cent euros.

— Étonnamment, vous nous avez contactés sans tarder. Où et quand aura lieu l'échange ?

— Ils doivent me recontacter demain matin à dix heures !

— OK je vais demander tout de suite au procureur une autorisation pour mettre votre téléphone sur écoute, on suivra votre discussion à distance sans éveiller les soupçons.

— Mais pour l'argent comment je fais moi ? Vous allez m'en donner n'est-ce pas ?

— Non ! Et puis quoi encore !

— Comment ça non, on parle de la vie de mon fil là ! Hurla Vincent.

— Notre métier je vous le rappelle n'est pas d'être banquier, cependant nous avons une unité spéciale, le GIGN qui intervient dans ce genre de situation avec des négociateurs à l'appui. Ne vous inquiétez pas nous serons à vos côtés.

Jules commençait littéralement à perdre patience !

— Il y a quelque chose que vous ne comprenez pas, reprit Vincent énervé, il me faut cet argent absolument !

— Votre insistance me paraît étrange, je viens de vous dire que le GIGN sait quoi faire ! Vous devez simplement dire au ravisseur qu'il aura bien l'argent voilà tout ! À moins que vous ayez quelque chose derrière la tête.

— Merci commandant, dit Vincent Bernard un peu désorienté.

— Nous avons plus qu'à attendre. Demain nous trouverons une solution j'en suis certain.

— Si vous le dites, conclut Vincent un peu dubitatif.

Cet échange glaça le sang de Jules, il sentait au plus profond de son âme que quelque chose ne tournait pas rond ! Quelle aubaine pour Vincent cette demande de rançon, se disait-il ? Une heure auparavant, ce septuagénaire ne voulait plus parler parce qu'il venait d'entendre des vérités dérangeantes, et maintenant il demandait de l'aide ! Non cela sonnait faux. Il essayait forcément de brouiller des pistes, mais lesquelles ? Et puis Vincent avait été particulièrement insistant par rapport à l'argent de la rançon.

— Curtis, vous y croyez à cette histoire

d'enlèvement ?

— Pour être honnête je pédale dans la choucroute, c'est bien possible que Vincent nous mène en bateau, ou qu'il dise tout simplement la vérité, rien n'est certain ! Tout est bizarre dans cette affaire.

— Rien n'est certain comme vous dites. De toutes les manières, nous seront fixés demain, je m'attends à ce que les ravisseurs n'appellent pas.

— C'est bien possible, si vous n'avez plus besoin de moi commandant, nous partons avec David interroger le voisinage de Fernand.

— Oui allez-y et moi je vais contacter le procureur John Prentis, il risque de ne rien comprendre suite à ce retournement de situation, surtout après le dernier communiqué de presse qui accusait Fernand ! Souhaitez-moi bonne chance. Dit Jules sur un ton ironique.

Tout en composant le numéro du tribunal, Jules prenait une grande respiration pour évacuer tout son stress. Il espérait que le procureur fasse preuve d'un minimum de compréhension et d'humilité à son égard, surtout que leurs derniers échanges avaient été un peu houleux. John Prentis était connu comme quelqu'un d'impitoyable lorsque qu'il pensait que l'on se moquait de lui.

— Allô monsieur le procureur ? C'est le commandant Drumond…, avez-vous quelques minutes à m'accorder, c'est extrêmement important ?

— J'ai deux petites minutes, soyez concis.

Jules n'en menait pas large tout au long de son récit, sa voie était tremblante, son cœur s'accélérait comme celui d'un homme qui venait de se faire prendre en flagrant délit ! C'était difficile pour lui d'admettre qu'il avait suivi une mauvaise piste. Le procureur jubilait secrètement…, il décida cependant d'être fair-play en ayant une bonne réaction.

— Si je comprends bien commandant Drumond, Fernand n'est plus notre tueur mais une victime d'enlèvement. Vous voulez que je mette son père sur écoute téléphonique, et celui-ci craint pour la vie de son fils si les ravisseurs viennent à apprendre que nous sommes au courant pour l'échange.

— Oui en gros c'est ça ! Je suis quasiment persuadé qu'il y aura de nouvelles surprises concernant Vincent Bernard, il joue avec nos nerfs depuis le début.

Jules était agréablement surpris de voir que le procureur restait zen.

— Ne vous inquiétez pas, je m'engage à faire le nécessaire pour vous aider, on avisera demain en fonction des ravisseurs.

— Merci monsieur le procureur.

— J'émets cependant une condition, promettez-moi d'être transparent concernant cette affaire, je veux avoir un rapport régulier de l'enquête en cours. Répondit John Prentis.

— Bien évidemment ce sera fait !

— Je compte donc sur vous.

— Merci pour votre compréhension. M'autorisez-vous à convoquer les parents de Pauline, Émilie et Julie à la gendarmerie ? Je dois absolument les tenir au courant de ce revirement de situation, et par la même occasion les interroger à nouveau. Je crains également que Vincent Bernard se charge une fois de plus de contacter la presse pour nous embêter, il n'a pas apprécié mes dernières découvertes concernant son passé familial, qui n'est pas très reluisant d'ailleurs ! Je ne saurai vous dire pourquoi, mais il observe tous mes faits et gestes, le comble dans tout ça c'est qu'il habite à quelques mètres de chez moi, c'est assez effrayant.

— D'accord, mais ne donnez pas trop de détail, cela pourrait compromettre nos investigations. Peut-être que le tueur est l'un d'entre eux, nous ne savons plus désormais à quel saint nous vouer !

— Je ferai de mon mieux Monsieur le procureur et saurai user de psychologie, merci et au revoir.

— Au revoir et tenez-moi au courant pour la suite surtout.

Jules ne savait pas trop comment mener l'interrogatoire avec les parents des victimes, peut-être fallait-il dans un premier temps les voir tous ensemble puis séparément. Tant de questions venaient à son esprit ! Il sentait tout de même que l'enlèvement de Fernand était étroitement lié à tous ces meurtres en série et qu'il fallait agir rapidement.

Jules prit en quelques secondes une décision difficile. Il parlerait à toutes les familles en même temps, cela voulait dire prendre le risque de les blesser en faisant appel à leurs mémoires. Et à la fois d'obtenir peut-être des indices. Une seule et même personne faisait le lien entre tous ces meurtres, cela devenait la piste la plus probable :Vincent !

Les trois familles répondirent présentes dans l'heure. Elles craignaient un peu cet échange, ne sachant pas à quoi s'attendre…

Le commandant prit timidement la parole.

— Tout d'abord merci de vous être déplacés, je ne vais pas tourner autour du pot. Je vous ai convoqué avant que la presse ne fasse du zèle au sujet de nouveaux éléments.

— Vous piquez notre curiosité, interrompit Monsieur Pascal, mais je vous en prie continuez commandant…

— Fernand n'est pas le tueur tant recherché de vos filles, j'avoue que je me suis un peu emballé depuis le début de l'enquête, cette piste nous paraissait tellement évidente et puis surtout nous avions des preuves.

— Alors là c'est surprenant, qu'est ce qui vous a fait changer d'avis ? Demanda Madame Pigeon.

— J'y viens, soupira Jules, mais je vous demanderai s'il vous plaît de ne plus m'interrompre c'est bien assez difficile pour moi d'être face à vous. Après différentes recherches, il est fort probable que quelqu'un brouille les pistes depuis plusieurs années, pour que Fernand soit le coupable idéal. Et nous sommes tombés dans le panneau comme des débutants. Nous pensons également que le coupable se trouve parmi les proches de vos filles ainsi que de Fernand. Et cerise sur le gâteau, Fernand que nous cherchons depuis quelques jours, a bien été enlevé, son père vient de recevoir une demande de rançon. Je vous demande de garder cela pour vous, cela pourrait compromettre l'échange et réduire à néant nos chances de le retrouver vivant.

— Non mais attendez, vous insinuez quoi encore, hurla Monsieur Leroy, vous pensez que nous avons un quelconque lien avec la mort de nos filles ? Et contrairement à ce que vous pensez, nous pouvons tenir notre langue !

— Je vous arrête tout de suite, je ne fais que mon travail, et émettre des hypothèses à haute voix en fait partie. Il faut que nous réfléchissions tous ensemble, c'est la clef de l'énigme. Vous connaissez forcément cette personne, elle est entrée d'une manière ou d'une autre en contact avec vous ou vos filles, mais il va falloir faire appel à votre mémoire.

— Vous vous rendez compte commandant, fit remarquer Madame Pascal, que pour la plupart d'entre nous, cela remonte à plusieurs années… Nous aurons du mal à nous remémorer ce genre de détails.

— Je le sais bien, reprit Jules. Si je vous pose des questions précises, des détails vous reviendraient-ils ?

Tout le monde tombait d'accord sur ce point en faisant un hochement de tête.

— Depuis que j'ai repris cette enquête, je n'ai pas eu l'occasion de parler à Fernand. Tout ce que je sais de lui, je l'ai appris à travers vous et le Dr Bichon. Rassurez-vous je suis sensible à chacune de vos observations et remarques. J'ai pu apprendre par l'intermédiaire de son thérapeute qu'il a eu une enfance chaotique. Certains d'entre vous savent peut-être des choses à ce sujet ? Vincent Bernard, qui est encore vivant, affirme qu'il n'est pas entré en contact avec son fils depuis au moins vingt ans. Franchement j'éprouve quelques doutes à ce sujet, vu son profil, il n'a pas dû lâcher son fils d'une semelle. Vincent n'a jamais été un père modèle, croyez-moi et ce que j'ai appris m'a défrisé les cheveux

Monsieur Pascal fut pris subitement d'un flash-back et interrompit le commandant Drumond.

— Attendez une minute, quel menteur ce Vincent Bernard ! Je n'ai pas eu cette chance de le rencontrer personnellement, dit-il avec beaucoup de sarcasmes, en revanche notre Émilie nous en a parlé en long et en large à cette époque. C'est dingue, je l'avais complètement occulté, nous étions tellement choqués après la mort de notre fille.

— Vous commencez à m'intéresser,

continuez. Demanda Jules en se frottant les mains.

— Cela remonte à vingt ans maintenant, mais je m'en souviens comme si c'était hier, Émilie trouvait Vincent Bernard très envahissant. Il pouvait s'inviter n'importe quand à leur domicile, à plusieurs reprises Émilie s'est retrouvée nez à nez avec lui alors qu'elle se promenait au village. Elle avait cette impression constante d'être épiée, dans la rue, dans son salon C'était juste avant qu'elle commence à espacer ses visites chez nous.

— Vous souvenez-vous d'autres choses de plus précis ?

— Oui, Émilie m'a confié que le regard de Vincent la mettait mal à l'aise, et qu'il y avait quelque chose de malsain en lui qu'elle n'arrivait pas à déterminer !

— Savez-vous si Fernand était en bons termes avec son père ? Demanda Jules.

— D'après ma fille, Fernand craignait Vincent. Il n'osait jamais le contredire. De mon point de vue, ce n'était pas une relation père-fils normal. Un père accorde en général un minimum d'attention à son enfant, eh bien Vincent se préoccupait essentiellement de sa petite personne et d'Émilie.

— Savait-elle pourquoi Fernand craignait son père ? S'était-il confié au sujet de son passé ?

— Non je ne crois pas, à vrai dire nos conversations n'ont pas été aussi loin. Émilie avait son petit jardin secret comme tout le monde. Mais maintenant que j'ai un peu plus de recul, je me demande si la cause du changement de comportement d'Émilie ne venait pas tout simplement de Vincent.

— Est-ce-que quelqu'un d'autre se souvient d'un détail concernant Vincent Bernard ?

La famille Pigeon réagit instantanément à la question de Jules.

— Commandant vous connaissez nos sentiments vis-à-vis de Fernand, c'est le tueur de notre fille ! Nous avons la certitude que Julie était malheureuse, surtout après cet épisode où elle nous a appelés au secours, et qu'elle a fini aux urgences et à la gendarmerie. Mais en entendant le témoignage de la famille Pascal, nous sommes pris d'un doute effroyable. Il y a de nombreuses similitudes concernant Vincent Bernard. Notre Julie ne se sentait pas bien quand il la regardait, elle se sentait également épiée et en danger.

— Julie a-t-elle vraiment prononcé le mot danger ?

— Oui et à l'époque nous avions tout de suite pensé que Fernand en était à l'origine. Aujourd'hui on peut émettre l'hypothèse que ce n'était pas Fernand dont elle avait peur mais peut-être de Vincent. C'est troublant tout de même, on ne le saura jamais.

Madame Pigeon se mit à pleurer à chaudes larmes. Son mari la prit tendrement dans ses bras pour la consoler.

— Mais si ma chérie, tu verras on trouvera le coupable.

Jules fit une tentative pour rassurer celle-ci.

— Madame Pigeon, je sais que c'est facile à dire, mais il faut garder espoir, reprit le commandant.

Les parents Leroy étaient un peu perplexes quant à cette nouvelle hypothèse.

— Si je peux me permettre, fit remarquer Madame Leroy, notre Pauline ne nous a jamais parlé du père de Fernand. Nous ne savions pas qu'il était vivant. Elle semblait tellement heureuse, Pauline ne laissait rien transparaître ! C'était son seul défaut, étant sa mère je ne suis sûrement pas très objective.

Jules venait de réaliser qu'il n'avait pas eu le temps de dire à la famille Leroy que Pauline s'était confiée à sa meilleure amie Stéphanie Simon, seulement quelques heures avant sa mort… Il espérait ne pas les attrister davantage.

— Hier, j'ai reçu Stéphanie Simon à la gendarmerie, et nous avons eu une discussion à propos de Pauline…

— Cette jeune fille est adorable, elle a toujours été bienveillante, autant dire qu'elle fait partie de la famille, interrompit Madame Leroy.

Jules continua son récit.

— Il y a quelques jours à peine, Pauline l'a appelée en pleurant pour lui demander si en cas de problème elle pouvait venir se réfugier chez elle. Stéphanie a cru au début à une blague, par la suite elle a vite compris qu'il y avait un problème.

— C'est là que cela commence à être effrayant, de quel problème parlez-vous au juste ? Demandèrent les Leroy.

— Apparemment, Pauline craignait pour sa vie, Stéphanie s'est empressée de lui demander pourquoi, et malgré cela elle refusait de donner plus d'explications. Elle a pourtant insisté et l'a encouragée à contacter les autorités compétentes mais en vain.

— Bon sang que craignait-elle ? Et nous n'avons rien vu !

— Elle craignait tout simplement que vous soyez tués si elle en parlait à la gendarmerie, quelqu'un l'a forcément menacée et malheureusement nous ne savons pas depuis combien de temps !

— La pauvre ! Qui la tourmentait de la sorte… Pleurèrent les Leroy.

— Vous savez, Stéphanie s'en veut énormément de ne pas avoir su la protéger, elle est dévastée et n'ose même pas imaginer votre souffrance. Elle caresse l'espoir que vous lui pardonnerez.

— Ce n'est en aucun cas de sa faute, pauvre enfant, reprit la mère de Pauline, nous prendrons le temps de lui parler et puis ce n'est pas son rôle d'endosser la mort de Pauline.

— Il y a une autre chose dont je voulais vous parler, Raoul, Benjamin, et Cédric qui font partie de l'équipe de restauration du Fort Libéria, ont été interrogés. Nous voulions savoir s'ils avaient remarqué un changement d'attitude chez Pauline, ou un détail qui sortait de l'ordinaire.

— Avez-vous appris quelque chose encore que nous ignorons commandant ?

— Oui, d'après eux Pauline était bien malheureuse depuis au moins deux mois. Cela se ressentait dans sa manière de travailler, elle était beaucoup moins motivée et ce n'était pas dans ses habitudes. La plupart du temps elle était méticuleuse et surtout joyeuse. Ils ont malheureusement remarqué à deux reprises un hématome au visage ainsi qu'au bras droit ! Pour sauver les apparences elle avait prétexté une chute par maladresse. À ce moment précis aucun de ses collègues n'avait cru à la version de votre fille, et je peux vous dire qu'à l'heure actuelle, ils regrettent tous de ne pas avoir posé plus de questions. Ils sont tristes et choqués par tant de violences.

— Décidément nous sommes ses parents et nous n'avons rien remarqué, qui est cette personne qui la tourmentait ? Pourquoi ?

— Compte-tenu de tout ce que je viens d'entendre par rapport à l'attitude de Vincent Bernard, nous allons le surveiller de plus près. Pour être honnête, il nous manque le mobile. Tôt ou tard le tueur ou la tueuse fera un faux pas…

— Je ne saurai l'expliquer, reprit monsieur Pigeon, mais je sens que nous pouvons vous faire confiance, la façon dont vous dirigez cette enquête est remarquable.

— Merci pour votre confiance, nous essayons de faire au mieux notre travail. Si de nouveaux souvenirs réapparaissent, appelez directement sur mon portable. Chaque détail a son importance et dans de nombreux cas cela aboutit à la résolution de l'enquête. Si vous n'avez plus de question je vous libère en vous remerciant pour votre patience et coopération.

Jules n'était pas mécontent de cet échange qui était certes émouvant pour les familles, mais également très instructif. Vincent pouvait-il être le suspect numéro un à ce stade ? Il ne voulait plus tomber dans ce travers ; foncer tête baissée dès qu'une piste s'offrait à lui. Il lui parut judicieux d'appeler le capitaine Curtis et de le tenir au courant de ces nouvelles révélations.

— Allô Curtis, comment se passe le porte à porte ?

— Pour l'instant les langues ne veulent pas se délier, David et moi avons pourtant posé de nombreuses questions… Nous allons persévérer jusqu'à ce que nous obtenions un résultat

Jules prit donc le temps de lui expliquer tous les témoignages et angoisses des parents de Pauline Leroy, d'Émilie Pascal et de Julie Pigeon qu'il venait d'entendre…

— Je vous avais dit que nous n'aurions pas fini d'entendre parler de celui-là ! Il me fait penser à un magicien diabolique qui a plus d'un tour dans son sac. Et à chaque fois on est tout autant surpris tel un gamin !

— C'est une manière de voir les choses. Je vous propose de faire le point demain, vous comme moi avons eu une journée bien remplie et chargée en émotion, vous connaissez le dicton « à chaque jour suffit sa peine »… pour ma part je rentre.

— Oui mon grand-père l'utilisait à tout bout de champ. Demain promet d'être un jour avec de nombreux rebondissements, nous ne savons pas trop comment va se passer l'échange avec Fernand ! Essayez de passer une bonne soirée commandant.

— Vous aussi Curtis merci.

Comme promis Jules passa au restaurant du village et commanda pour les filles des plats à emporter. Il avait hâte de rentrer pour retrouver ses trois merveilles, il comptait bien les faire rire et pourquoi pas fabriquer une cabane à l'aide de couvertures en plein milieu du salon. Le but étant d'y dormir en famille pour éviter que Lia et Lucie fassent des cauchemars. Les pauvres chéries venaient de voir bien trop d'horreurs pour un si petit âge. Jules avait également besoin d'occulter ce moment si effrayant où sa famille s'était retrouvée en danger.

— Salut mes chéries, c'est papa, comment allez-vous ?

— On a fait que jouer avec maman, c'est trop bien !

— Dis donc Myriam je vois que vous ne perdez pas le nord, dit-il avec beaucoup d'humour.

— Et oui qu'est-ce que tu crois ? On sait vivre nous…, répondit-elle avec un joli sourire en coin.

— Je n'en ai jamais douté, comme promis je vous ai ramené à manger. Pour la première partie de la soirée, Lia et Lucie je vous propose de déguster des hamburgers frites plus une glace devant un dessin animé de votre choix, maman et moi vous accompagnerons en mangeant du poulet à la catalane suivi d'un tourteau à l'anis.

Jules avait eu la délicate attention de commander le plat préféré de Myriam.

— Oui super, crièrent de joie les petites filles, tu es le meilleur papa.

— Attendez ce n'est pas fini, roulement de tambour pour papa : pour finir la soirée en beauté nous fabriquerons tous ensemble une cabane dans le salon, et nous y dormirons tous les quatre sur de beaux tapis de sol, alors heureuses ?

— Tous ensemble c'est vrai ?

— Vrai de vrai.

— C'est une très bonne idée Jules, fit remarquer Myriam, merci de nous aider à garder le sourire. En plus tu as pensé à mon plat préféré, c'est mignon.

Jules était le plus heureux des papas, il pouvait maintenant décompresser. La soirée fut un franc succès passée dans la joie et la bonne humeur. Blotties contre leurs parents les filles n'eurent pas de terreur nocturne. Par contre, ce fut une tout autre histoire pour Jules et Myriam.

5. Le 10 août 2020.

Au petit matin, Jules et Myriam peinaient pour s'extirper de la cabane. Lia et Lucie dormaient profondément.

— Aïe mon dos, gémit Myriam, je pense que je vais m'en tirer avec un lumbago ! Ce n'est plus de mon âge de dormir sur des tapis de sol…

— Je ne fais pas le fier non plus, j'ai l'impression qu'une rame de métro m'est passée dessus et c'est très douloureux.

— Tu m'étonnes rien que ça, une rame de métro ! Tu n'exagères pas un peu ? Moi, je me suis retrouvée avec le pied de Lia dans la bouche au beau milieu de la nuit, ça c'est du lourd ! Reprit Myriam en rigolant.

— Eh bien moi, Lucie s'est assise carrément sur mon visage et c'était pas beau à voir.

Myriam et Jules se mirent à rigoler aux éclats, ne pouvant plus s'arrêter…

— L'essentiel c'est que les filles aient pu dormir, les pauvres chéries étaient un peu perturbées hier. Dit Myriam.

— Oui et j'espère qu'elles finiront par

oublier. Parfois je pense à quitter la gendarmerie, je n'arrive pas à oublier certaines images de personnes mortes, surtout lorsque cela touche des enfants. Je ne suis peut-être pas fait pour ce métier ! S'interrogea Jules.

— Je comprends ce que tu veux dire, en plus nos filles ont été prises en otage. Je commence à m'interroger aussi, en me demandant où sont mes limites pour encaisser autant de danger. Après cette enquête, il faudra en parler à tête reposée. Ce n'est pas la première fois qu'un truand veut s'en prendre à notre famille, tu as tellement envoyé de monde en prison…

— Je m'en rends bien compte Myriam, je suis désolé de vous infliger tout cela. Je file prendre ma douche et juste après je partirai, une grosse journée m'attend encore.

Jules en avait gros sur le cœur. La veille au soir, il avait fait tout son possible pour faire sourire sa famille, mais le retour à la réalité était fracassant ! Il pouvait comme n'importe quel être humain manquer de confiance en lui. Pendant qu'il prenait sa douche de nombreuses questions se bousculaient, malgré tout il fallait trouver la force de résoudre cette enquête et il avait besoin plus que jamais de sa bonne étoile.

— Myriam j'y vais, j'espère que vous passerez une bonne journée avec les filles.

— Toi aussi bon courage, je suis certaine que tu trouveras de nouvelles pistes…

— J'aime ton optimisme ma chérie, c'est en partie pour cela que je t'ai épousée .

Tout en roulant vers son lieu de travail, Jules n'en menait pas large, il fut pris d'une angoisse extrême quand il se mit à penser à Vincent Bernard. Il s'imaginait des scénarios catastrophes digne de Alfred Hitchcock… Heureusement son arrivée à la gendarmerie le ramena à la réalité.

Il était huit heures tapantes, toute la gendarmerie était en effervescence.

— Bonjour à tous, Je réclame toute votre attention. Pour ceux qui ne le savent pas encore Vincent Bernard a été mis sur écoute téléphonique. Le kidnappeur va appeler ce matin à dix heures pour procéder à l'échange de Fernand contre une rançon de deux millions d'euros. Je vous demande de vous tenir prêt à intervenir en cas de besoin.

— Curtis et David dans mon bureau, continua Jules, on a deux heures devant nous et il faut que l'on débriefe sur votre petit porte à porte d'hier soir.

— Commandant, savez-vous que j'ai un prénom ? Demanda Curtis.

— Oui votre prénom c'est Alex, mais je préfère Curtis, cela sonne tellement mieux. Rigola Jules.

— Vous êtes indécrottable, mais bon je m'en contenterai…

— Plus sérieusement, qu'avez-vous appris hier David ? Je n'ai pas eu cette chance de vous entendre depuis mon arrivée dans la région. J'ai cru comprendre que vous cherchiez à monter en grade, c'est le moment de me le prouver, je vous écoute. Dit Jules très sérieux.

— Vous me mettez une pression de folie commandant. Affirma David tout tremblant.

— Désolé David, détendez-vous, c'était pour rire j'ai eu une journée un peu compliquée hier…

— Ah d'accord ! Dès que nous sommes

arrivés avec la voiture de gendarmerie près du domicile de Fernand, nous pouvions voir la peur sur le visage des gens. Plus nous nous approchions et plus les rideaux se fermaient, seulement un tiers du voisinage de Fernand a bien voulu coopérer.

— C'est déjà bien… Fit remarquer Curtis.

— La plupart des voisins qui ont bien voulu nous parler ne nous ont rien appris de nouveau. Et puis le miracle arriva, une petite grand-mère aux joues rondes sentant les bonbons, ou bien le savon je ne sais plus trop, s'est mise à nous rapporter des faits…

— Oh là mon bonhomme, à l'école de gendarmerie, on ne vous a pas appris que quand on fait un rapport, on est concis ! Et là je ne rigole pas, on est pas dans un roman à l'eau de rose ! Racontez les faits, rien que les faits ! Jules rigolait intérieurement.

— Oui mon commandant ! J'ai quelques progrès à faire dans ce domaine. Dit-il timidement.

— Allez, retentez votre chance. Dit Jules en faisant un clin d'œil.

David prit une grande respiration avant de prendre la parole.

— Cette grand-mère nous a dit qu'un homme âgé de soixante-dix ans rodait très souvent dans le quartier, ce petit manège dure apparemment depuis plusieurs années et il entre dans l'appartement de Fernand comme bon lui semble. Voilà je ne peux pas faire plus court.

— Bravo David, parfait c'est ça que j'attends de vous et vous apprenez vite.

— C'est un compliment ou je dois encore m'inquiéter mon commandant ? Demanda David pas du tout rassuré.

— Non vraiment c'est du bon travail, il faut bien que je vous chambre un peu, considérez mon attitude comme une marque d'affection. Reprit Jules.

— Pensez-vous que cet homme pourrait être Vincent ? Demanda Curtis.

— Oui j'y mettrais ma main à couper. Cela peut dans un sens correspondre avec tous les témoignages recueillis pas plus tard qu'hier. En même temps, le fait que Vincent s'introduise chez son fils ne me choque pas plus que ça.

Quand j'habitais sur Chambéry, j'avais donné mes clefs de maison à mes parents, ils pouvaient aller et venir comme bon leur semblait.

— Après chacun réagit différemment, personnellement, si je me trouvais dans la même situation, je me sentirais étouffé ! Je n'ai pas pu l'expérimenter vu que je n'ai pas de parents ! Ça ne reste que des suppositions.

— C'est une façon de voir les choses… Fit remarquer Jules.

— Je suis peut-être suspicieux, mais que venait faire Vincent chez son fils quand celui-ci était absent ? Prenons la question sous un autre angle commandant, que venaient faire vos parents chez vous en votre absence ?

— À cette époque Myriam et moi étions obligés de travailler, alors mes parents tenaient absolument à venir nous aider pour les tâches ménagères !

— D'accord je vois. Pouvez-vous maintenant imaginer Vincent faire des tâches ménagères pour aider son fils ? Pour moi cela sonne faux, il a tellement maltraité son fils que je ne peux pas l'imaginer en bon samaritain. Je le vois plutôt dans le rôle du père fouettard !

— Bah dîtes donc, vous êtes drôlement remonté contre Vincent Bernard ?

— Non je suis juste mon instinct. Répondit Curtis.

— Je suis d'accord avec vous, ça sonne faux, et à votre avis que venait faire Vincent chez Fernand ?

— On peut supposer que depuis plusieurs années, Vincent est notre tueur. Il veut que son fils soit incriminé à sa place. Donc il invente un plan tordu, avant chaque meurtre, il doit voler des bijoux que fabrique Fernand.

— Je vous vois venir Curtis, et il les dépose ensuite sur ses victimes.

— Oui et il est venu cacher les photos et les mèches de cheveux juste après la disparition de Fernand.

— Il connaissait forcément l'existence de la pièce secrète

— Oui c'est possible, mais vous oubliez les mobiles des meurtres, pourquoi Vincent aurait-il tué toutes ces filles ? Demanda Jules.

— Alors là je n'en sais rien, mais je sens que cette piste n'est pas complètement débile ! Un détail me revient commandant, Émilie se sentait épiée même chez elle, peut-être qu'un dispositif vidéo a été caché.

— Je suis dans le même camp que vous, je veux coincer cet assassin qui vit parmi nous en toute tranquillité. Mais franchement, vous avez une imagination débordante, ce que je ne veux surtout pas c'est tirer des conclusions trop rapidement.

— Je comprends votre réaction commandant, cela ne m'empêchera pas d'avoir ma propre opinion et qu'il ne faut pas forcément jeter ces hypothèses à la poubelle .

— Je vous promets de garder ces hypothèses à l'esprit Curtis.

Un gendarme qui surveillait la ligne téléphonique de Vincent rentra en trombes dans le bureau du commandant.

— Commandant, le ravisseur de Fernand vient de rentrer en contact avec Vincent Bernard et vous pouvez suivre la communication sur le canal trois

— OK je me branche tout de suite sur le canal, il est drôlement en avance il n'est que neuf heures !

Jules pouvait entendre Vincent converser avec un homme.

— Allô Vincent, avez-vous prévenu la gendarmerie ? Parce que si vous l'avez fait, je tue votre rejeton compris ? Avez-vous mes deux millions d'euros ?

— Je vous jure, j'ai respecté vos consignes à la lettre, je ne suis pas fou à ce point là ! Et oui j'ai bien votre argent. Insista Vincent.

— Je vous préviens, je ne veux pas d'entourloupe, si je m'aperçois que l'argent est faux, que vous vous l'êtes procuré grâce aux gendarmes et qu'il y a un dispositif pour me tracer, je vous tuerai aussi !

— Ne vous inquiétez pas, je serai réglo.

— Écoutez-moi bien je ne le répéterai pas deux fois ! À onze heures, je veux que vous vous rendiez au départ de la Gare ferroviaire de Villefranche-de-Conflent, vous monterez dans le train jaune en direction de Thuès-Carança et vous descendrez à cet arrêt.

— D'accord…

— Ensuite vous devez impérativement monter dans le premier wagon, Débrouillez-vous pour vous asseoir au premier rang à droite, côté vitre. Vous trouverez un téléphone prépayé scotché sous votre siège, et je vous appellerai pour la suite.

— D'accord et mon fils ? Je veux lui parler, qui me dit qu'il est vivant ?

— Je vous appellerai pour la suite.

Le ravisseur raccrocha brusquement au nez de Vincent.

Jules Drumond s'empressa de téléphoner à Vincent, il pensait que le soi-disant ravisseur n'appellerait jamais. Il fut pris de panique, il fallait agir au plus vite.

— Allô Monsieur Bernard, nous avons pu entendre toute la conversation et ne vous inquiétez pas vous aurez l'argent, on va se débrouiller pour l'avoir et un de mes hommes vous l'apportera discrètement à la gare à dix heures quarante-cinq.

— Surtout j'insiste, soyez discret je risque ma vie et celle de mon fils ! Déclara Vincent.

— Nous prendrons toutes les précautions possibles, nous préférons ne rien vous dire. Allez courage, l'échange va bien se passer.

Jules et Curtis pensaient de plus en plus que Vincent les manipulait comme des marionnettes ! La demande du ravisseur leur mettait la puce à l'oreille, par rapport au fait de ne pas remettre de l'argent factice fourni par la gendarmerie. Quelqu'un l'avait forcément mis au courant. Curtis pensait que Vincent avait imaginé un plan pour s'enrichir et qu'il avait forcément un complice. Que faire ? La seule solution était d'obtempérer en donnant au kidnappeur ce qu'il voulait. Il paraissait indispensable de mettre en place une équipe du GIGN à Thuès-Carança pour pouvoir agir en cas de besoin si l'échange tournait mal.

— Curtis, à titre exceptionnel vous allez vous procurer l'argent dans la salle des scellés au tribunal, je ne sais pas quoi faire d'autres ! Je préviens le procureur de votre arrivée pour qu'il fasse le nécessaire, il avait plutôt l'air d'être de mon côté hier. Le temps nous est compté, il nous reste plus qu'une heure trente avant le départ de Vincent à la gare, foncez !

— Entendu je fonce.

Jules, un peu sur les nerfs, appela le procureur John Prentis pour lui faire part de son hypothèse à propos de Vincent.

— Allô Monsieur le Procureur, nous avons un gros problème. Nous sommes quasiment certains que le ravisseur de Fernand est au courant pour l'échange avec les faux billets et l'intention que nous avions de mettre un traceur pour le repérer. Il a demandé à ce qu'il n'y ait pas d'entourloupe à ce sujet, il menace Fernand et Vincent de mort.

— Savez-vous d'où vient la fuite ?

— Nous pensons que Vincent nous manipule avec l'aide d'un complice et qu'ils projettent tous les deux de s'enrichir en empochant l'argent de la rançon. Il nous prend vraiment pour des amateurs ce grand-père. Répondit Jules.

— Et que puis-je faire pour vous aider ?

— Deux choses, Vincent doit prendre le train jaune pour remettre la rançon, nous pensons que sa destination est Thuès-Carança. Pour bien faire il faudrait placer une équipe du GIGN en toute discrétion dans ce village pour appréhender son complice. De plus, nous avons besoin d'argent tout de suite, Curtis arrive au tribunal et il n'attend plus que votre autorisation pour se servir dans la salle des scellés. Il ne nous reste plus que cette option, qu'en pensez-vous Monsieur le Procureur ?

— Nous n'avons que des suppositions sur lesquelles nous pouvons nous baser. Dans le premier cas, si vous vous êtes mépris sur la situation nous risquons la mort de deux hommes. Dans le deuxième cas nous prenons le risque de perdre l'argent des scellés ! Ne vous inquiétez pas je fais le nécessaire avec Curtis. On n'a pas besoin de tergiverser.

— Merci pour votre compréhension, je vous avais grandement sous-estimé. Rétorqua Jules.

— Venant de vous je prends ça pour un compliment alors merci.

Curtis récupéra finalement les deux millions d'euros dans la salle des scellés grâce à l'intervention du Procureur, c'était du jamais vu. Il ne restait plus qu'à se dépêcher de remettre l'argent à Vincent…

— Allô commandant c'est Curtis je me rends à la gare, que voulez-vous que je fasse après avoir donné le sac de rançon à Vincent ?

— Il ne faut surtout pas le lâcher, une fois qu'il sera monté dans le premier wagon, vous monterez discrètement dans le deuxième wagon pour le suivre à distance. Mettez votre gilet par-balle, n'intervenez pas seul compris ? D'après le ravisseur, Vincent recevra les prochaines instructions une fois qu'il sera en possession du téléphone prépayé.

— Je vous communiquerai en temps et en heures tout ce que je verrai, honnêtement je sens très mal cet échange. Je vous le dis, ce n'est pas aujourd'hui que nous allons retrouver Fernand ! Après tout, qu'est-ce qui nous prouve qu'il est encore vivant ?

— Rien ne le prouve c'est certain, j'espère seulement que ma bonne étoile nous portera chance. Au cas où il y aurait un problème, je demanderai à un hélicoptère de la gendarmerie de se tenir prêt à intervenir. Moi, je vous suivrai par la route avec plusieurs gars, on ne vous laissera pas seul Curtis.

— D'accord j'ai toute confiance en vous chef, je ne prendrai pas de risques inconsidérés.

Curtis arriva en quelques minutes à la gare, habillé bien-sur en civil pour ne pas se faire remarquer. Il aperçut Vincent Bernard qui se tenait debout non loin des guichets, par chance il était seul. Ce fut le moment propice pour lui donner le sac rempli de billets. Ni vu ni connu, Curtis le déposa au pied de Vincent et fit mine de s'en aller.

Curtis adorait monter dans ce train pendant ses journées de repos. Amoureux des plateaux catalans, il ne se lassait jamais de contempler ces paysages montagneux et verdoyants. Malheureusement, cette fois-ci ce ne serait pas le cas, il devait être attentif. Le ravisseur était censé donner de nouvelles instructions à Vincent. Le train arriva en gare, c'était le bon moment pour lui de monter incognito et de ne surtout pas lâcher du regard le père de Fernand. Curtis était quelqu'un de futé qui, à ses temps perdus, confectionnait de petits gadgets pouvant se révéler parfois bien utiles. Il avait réussi à cacher un micro de sa fabrication à peine perceptible dans une des sangles du sac qui contenait les billets. Il espérait grâce à ce dispositif, percevoir une bride d'information concernant le lieu de l'échange.

— Allô commandant, Vincent est monté à bord du train comme prévu. Je suis dans le deuxième wagon et je l'ai bien en visuel, et je dois vous dire que j'ai caché un micro de ma fabrication pour pouvoir l'espionner.

— Bonne initiative Curtis, mais vous avez conscience aussi, que si le kidnappeur s'en aperçoit tout peu capoter !

— Oui j'ai pesé le pour et le contre, et mon instinct me dit que je ne le regretterai pas.

— Vous savez aussi que Vincent est un homme plein de ressources…

Curtis interrompit brusquement Jules, le téléphone prépayé de Vincent se mit à sonner.

— Attendez commandant Vincent reçoit enfin un appel du soi-disant ravisseur, je vous recontacte juste après.

— Soyez bien attentif au moindre détail.

Curtis avait en sa possession un système

d'écoute très discret, qui lui permettait de ne pas se faire remarquer. La discussion qu'avait Vincent commençait à devenir étrange, il avait l'air de connaître le ravisseur.

— T'inquiètes pas ces gendarmes ne sont que des crétins ! Ils m'ont remis un sac remplis de vrais billets, tu te rends compte deux millions d'euros ce n'est pas rien ? On va devenir riche, je ne pensais pas que ce serait si facile de berner tout le monde ! S'exclama Vincent.

Curtis jubilait, cela faisait longtemps qu'il voulait trouver n'importe quelle preuve pour arrêter Vincent. Il pensait qu'il avait quelque chose à voir avec les meurtres survenus les vingt dernières années. Il y avait quand même un petit bémol, avec ce micro, il ne pouvait pas entendre le ravisseur !

— Bon d'accord, reprit Vincent, on fait comme prévu !

Curtis fut pris de panique, comment ça on fait comme prévu, pensa-t-il ! Il s'empressa d'appeler Jules pour le tenir au courant de la situation.

— Allô commandant, vous n'allez pas le croire, Vincent est la tête pensante de cette demande de rançon ! Il veut juste s'en mettre plein les poches, et en plus il a un complice.

— J'en étais sûr.

— Le problème c'est que je ne peux pas anticiper la suite, il a dit 'on fait comme prévu'. C'est là que cela risque de se corser…

— Je le crains aussi. De plus le GIGN attend peut-être au mauvais endroit répliqua Jules.

— Heureusement, il nous reste toujours l'hélicoptère de la gendarmerie en cas de nouveau rebondissement. Dès que j'en sais plus je vous appelle.

— Je sais que le train ne roule qu'à trente kilomètres heures, mais ne vous en faites pas nous vous suivrons comme promis par la route. Par contre j'insiste ne prenez aucune initiative seul, vous pourriez vous mettre en danger.

— J'ai bien compris, ne vous inquiétez pas commandant.

Le train était parti de la gare de Villefranche-de-Conflent depuis seulement dix minutes, les touristes   prenaient   des   photos   tout   en contemplant le paysage. Soudain des cris de peur se firent entendre, Vincent profita d'un ralentissement pour sauter hors du train. En un rien de temps, il disparut dans la forêt. Curtis n'eut même pas le temps de réagir, il n'avait pourtant tourné la tête que cinq secondes ! À croire que dans ce laps de temps Vincent avait pu voir que Curtis était à bord…

— Allô commandant, je suis à deux minutes de la ville de Joncet et Vincent Bernard vient de sauter du train en marche, pour disparaître dans une forêt très dense et je n'ai rien pu faire ! Je me lance à sa poursuite sinon nous allons le perdre et ce sera trop tard croyez-moi ! Je vous envoie ma géolocalisation pour que vous retrouviez ma trace au plus vite.

— C'est risqué, revenez tout de suite Curtis.

— Ne vous inquiétez pas. Ce n'est pas un vieux papy qui va me distancer ou me faire du mal !

— Oui je suis d'accord, mais nous ne savons rien sur son complice.

— Vous savez tout comme moi que nous n'avons pas le choix commandant…

Curtis courait tant bien que mal, pour essayer de rattraper Vincent tout en parlant à Jules.

— J'envoie l'hélicoptère tout de suite à sa poursuite en espérant qu'il puisse y voir quelque chose, et une vingtaine d'hommes vont venir en renfort dont le GIGN.

— Allô ici le commandant Drumond, nous avons besoin que vous survoliez la zone boisée autour de Joncet. Vincent a sauté du train jaune en marche pour s'enfoncer dans la forêt, Je vous envoie tout de suite la géolocalisation de Curtis qui est à ses trousses, à vous

— Bien reçu commandant, nous serons dans cette zone d'ici deux minutes, nous sommes à proximité, à vous

— Merci bon courage. Finit Jules.

Vingt minutes plus tard, les renforts de la brigade et du GIGN arrivaient accompagnés de chiens entraînés. Cela faisait partie du plan de Vincent de sauter c'était évident. Son complice devait très certainement l'attendre en contre-bas, ils étaient bien organisés. Heureusement, il restait neuf heures avant que la nuit ne tombe.

— Allô Curtis, quatre hommes et moi-même

allons rejoindre les équipes de recherche aussi vite que possible, la route est en contre-bas à deux kilomètres environ. J'ai pris les lampes torche on ne sait jamais si la traque se poursuit durant la nuit…

— J'espère que nous l'aurons retrouvé d'ici là, la nuit pourrait être un atout pour Vincent !

Grâce aux GPS, Jules et ses collègues vinrent rapidement à la rencontre d'une des équipes de recherche qui était en compagnie de Curtis. La tension était palpable, il fallait à tout prix retrouver Vincent pour savoir où était son fils et s'il était vivant. Mais un doute subsistait, laissaient-ils un voleur ou un tueur s'échapper ? Peut-être les deux. Le GIGN s'était fondu discrètement dans la forêt pour ne pas se faire remarquer. Ces hommes étaient surentraînés pour ce genre d'intervention. Fernand était peut-être détenu par ses ravisseurs quelque part au fin fond de la forêt !

— Il ne faut en aucun cas baisser les bras, tant que le soleil brille nous aurons une chance de les coffrer. Déclara Curtis en essayant de se convaincre lui-même.

Curtis se sentait très mal d'avoir laissé Vincent s'échapper bêtement et était prêt à tout pour se faire pardonner. Il voyait bien qu'il avait contrarié son supérieur. Jules cependant vint vers lui pour le rassurer.

— Allez Curtis, ne vous inquiétez pas, si j'avais été à votre place je n'aurais pas mieux réagi quand Vincent s'est enfui. Franchement c'était impossible à anticiper !

— Merci, vous êtes très tolérant, soupira Curtis. J'ai une question, croyez-vous que Vincent repassera chez lui avant de prendre la fuite ? Maintenant nous que savons qu'il a un lien avec la disparition de son fils, je pense qu'il fera tout pour quitter le pays. Étrangement il n'avait aucune valise en sa possession

— C'est fort probable qu'il repasse chez lui, mais je pense qu'avec deux millions d'euros et un complice, il n'a pas besoin d'effets personnels. Par précaution, je vais quand même envoyer une patrouille pour surveiller la maison, on ne sait jamais. Il faut également diffuser un portrait de Vincent aux frontières, et n'oublions pas les gares et aéroports. Il serait judicieux de demander une autorisation pour perquisitionner sa maison, qu'en pensez-vous mon jeune ami ?

Curtis fut agréablement surpris, c'était la première fois que Jules l'appelait mon jeune ami.

— Oui, toutes ces précautions sont nécessaires commandant, je m'en occupe tout de suite. Son fils est peut-être séquestré là-bas après tout ?

— je pense que tout est envisageable.

Curtis prit le temps de téléphoner au procureur pour demander l'autorisation de perquisitionner la maison de Vincent. Celui-ci l'avait rassuré en lui disant qu'elle serait faxée dans l'heure à la caserne de gendarmerie.

Jules n'était pas du genre à baisser les bras si facilement.

— Sinon, avez-vous pu trouver des traces de Vincent ? Demanda Jules.

— Oui, mais il a réussi à perdre les chiens, regardez les traces s'arrêtent ici devant le ruisseau. Répondit Curtis.

— On voit distinctement que deux hommes

sont passés par là récemment. Ils ont forcément traversé la rivière pour brouiller les pistes et c'est très ingénieux. Fit remarquer Jules.

— Il n'y a pas de route avant plusieurs kilomètres commandant, on peut supposer qu'ils dormiront à la belle étoile ou tout simplement dans une grotte. Il y a en a beaucoup dans le coin.

— Je vais demander au pilote de l'hélicoptère s'il ne rencontre pas trop de difficultés là-haut.

L'hélicoptère survolait la zone juste au-dessus des enquêteurs depuis plus d'une heure et n'arrivait pas à percevoir les équipes de recherches ni Vincent et son complice.

— Allô, c'est le commandant Drumond, comment cela se passe-t-il pour vous là-haut ? À vous…

— C'est très compliqué, nous avons une visibilité quasiment nulle à cause de la densité de la forêt. Comme nous volons en basse altitude, nous risquons le crash, en plus nous allons bientôt manquer de carburant, à vous…

— Effectivement, vous pouvez rentrer tout

de suite, merci d'avoir essayé, à vous...

— D'accord on rentre au bercail. Terminé.

Jules commençait à penser que les chances de retrouver les deux voleurs en fuite s'amenuisaient peu à peu. Heureusement, les conditions météorologiques étaient bonnes et permettaient de continuer les recherches. Jules contacta un autre groupe de gendarmes qui était déjà bien enfoncé dans la forêt.

— Allô ici le commandant, vous m'entendez ?

— Oui on vous entend bien, vous avez trouvé Vincent ?

— Malheureusement non. Par contre, nous étions sur le point de vous appeler. Nous venons de trouver un petit campement bien camouflé avec des branchages, le complice de Vincent doit être un ancien militaire parce que nous avons failli passer à côté sans rien voir tellement c'est bien fait. Il y a pas mal de vivres, ils voulaient sûrement se cacher pendant quelques jours, ou bien le complice y vivait depuis un moment. Je pense que l'on a dû contrarier leurs plans, c'est même certain.

— Méfiez-vous, il faut rester sur vos gardes, on ne sait pas à quoi s'attendre. Ils sont peut-être dangereux. En cas de problème, n'hésitez pas à me contacter.

— Bien reçu on le fera.

La gendarmerie avait tellement cherché autour de leur repère, que désormais Vincent se sentait comme une bête apeurée ! Il pensait que ce serait difficile de s'en sortir indemne, mais il avait cependant de la suite dans les idées et ne comptait pas se faire prendre de si tôt. Il contacta son complice Michel à l'aide d'un téléphone prépayé pour lui demander de faire diversion Les enquêteurs devenait gênant il fallait qu'ils rebroussent chemin.

— Allô Michel c'est moi Vincent. On peut passer au plan B, il faut éloigner la gendarmerie de notre lieu de rendez-vous !

— C'est d'accord on s'en tient au plan, bonne chance. Répliqua Michel.

Nos enquêteurs étaient loin de s'imaginer que le reste de la journée serait mouvementé.

Curtis était un peu déçu de ne plus pouvoir entendre un traître mot des fugitifs. Cela ne faisait aucun doute, Vincent avait trouvé le micro caché dans la sangle du sac. Le fait que la gendarmerie soit arrivée si vite avec des renforts et qui plus est, à leur campement, avait dû drôlement éveiller leurs soupçons ! Curtis se torturait en essayant de trouver le pourquoi du comment.

Jules prit la décision d'aller au-delà du ruisseau pour intercepter les fugitifs.

— Bon les gars, intervint Jules, nous allons traverser le ruisseau ce sera plus facile pour les chiens de retrouver la trace de ces deux bandits. Soyez prudents, le danger peut surgir de n'importe quel côté.

À peine après avoir traversé le ruisseau, des coups de feux retentirent…

— À couvert tout de suite, ordonna Jules, on se fait tirer dessus comme des lapins. Est-ce que quelqu'un a vu d'où venaient les tirs ?

— Oui à l'Est à quatorze heures tout en haut de la falaise commandant ! Répondit Curtis.

— Comment ont-ils fait pour arriver aussi vite en haut c'est dingue. Vincent est un super papy endurant ou quoi ? Demanda Jules.

— Ce n'est que mon avis, mais je pense que Vincent est encore en bas et que son complice est monté pour le couvrir, à moins que Vincent ne soit un ancien des commandos de l'armé. Si vous voulez mon avis c'est peu probable. Rétorqua David en s'évanouissant.

— Mince David a été touché à la cuisse, s'affola Curtis, il y a du sang partout.

— Je vais lui faire un garrot pour stopper l'hémorragie mais pour cela j'ai besoin que vous m'aidiez, en lui faisant un point de compression à l'aide de mon t-shirt. Je pense que cela fera l'affaire. Demanda Jules.

— Comment dois-je m'y prendre ?

— Je viens de vous le dire, mettez le t-shirt sur la plaie et appuyez fort à l'aide de vos mains Curtis, vite il perd beaucoup de sang !

La vue du sang était déstabilisant pour Curtis. Jules posa le garrot avec un calme olympien.

— Commandant, est-ce que j'appuie assez ? Demanda-t-il nerveux.

— On va le découvrir tout de suite, stoppez maintenant la compression. Ordonna Jules.

Au moment même où Curtis releva ses mains, plus aucune goutte de sang ne coula !

— Bravo tout va bien. Je vais tout de même prendre son pouls.

Jules prit le pouls de David au niveau de son poignet.

— Ouf son cœur bat pour le moment. On va le mettre tout doucement en position latérale de sécurité.

Après avoir mit David dans la bonne position, Jules s'adressa à David tout en lui serrant les mains pour vérifier s'il était toujours inconscient.

— David vous m'entendez ? Si vous m'entendez serrez-moi les mains…

David serra à deux reprises les mains de Jules et finit par ouvrir les yeux. Jules appela le SAMU pour qu'il envoie un hélicoptère de secours

— Allô c'est le commandant Drumond nous avons un blessé par balle, je lui ai posé un garrot sur la cuisse à dix centimètres de la plaie. L'hémorragie est stoppée, la victime est consciente avec un pou bien frappé. Nous l'avons mise en position latérale de sécurité, elle est stable ! J'allais oublier, la victime a perdu conscience pendant deux minutes.

— Bonjour, je suis le médecin régulateur du SAMU, Bravo vous avez eu les bons gestes et vous lui avez certainement sauvé la vie. Je vous envoie une ambulance, ou êtes-vous ?

— En pleine forêt tout prêt de Joncet, je vous envoie notre position. On a besoin d'un hélicoptère.

— Je vous envoie tout de suite une équipe de secours.

— Merci Docteur, répondit Jules.

L'hélicoptère de secours arriva au bout de quinze minutes, il fit du surplace au-dessus des sapins. L'intervention fut impressionnante, deux médecins urgentistes descendirent de l'hélicoptère, attachés à une corde munie d'un sac de secours et d'une coque pour pouvoir remonter David.

— Bonjour nous sommes les médecins urgentistes, nous allons de nouveaux vérifier l'état du patient pour voir s'il est toujours stable.

— Merci d'être arrivé aussi vite. Rétorqua Jules.

Après cinq minutes d'examens le verdict tomba :

— La saturation d'oxygène dans le sang est mauvaise, il faut l'installer dans la coque, il a besoin d'oxygène en urgence et nous avons le matériel nécessaire à bord.

David fut hélitreuillé en moins de cinq minutes, stabilisé dans l'hélicoptère et emmené à l'hôpital le plus proche.

— J'espère que l'opération de David va bien se passer, il est novice dans la gendarmerie et je commence vraiment à m'attacher à lui. S'exclama Curtis.

— Il est robuste, vous avez vu ses biceps ? Je suis certain qu'il va s'en sortir. Rétorqua Jules pour le rassurer.

Il fallait vite rebondir Vincent et son complice avaient certainement profité de cette diversion pour partir beaucoup plus loin. Jules contacta par radio toutes ses équipes éparpillées dans la forêt pour savoir si elles avaient trouvé une piste.

— Allô ici le commandant je m'adresse à toutes les équipes, après les tirs que nous venons d'essuyer, David a été gravement touché à la cuisse et transporté en urgence par un hélico. Les tirs venaient de la falaise que nous avons en visuel. Je vous envoie les coordonnées, essayez de trouver Vincent et son complice. À coup sûr, ils ont profité de cette diversion pour prendre la fuite, ils sont peut-être déjà très loin. Le groupe qui est avec moi, nous resterons en contre-bas pour fouiller les grottes aux alentours on ne sait jamais. Compris ?

— Bien compris mon commandant, nous nous mettons en chemin tout de suite.

Le GIGN progressait indépendamment des autres équipes pour ne pas être remarqué.

Vincent s'était enduit de boue pour que les chiens perdent sa trace. Il avait réussi par la suite à se cacher dans une grotte avant même qu'il y ait des coups de feux.

Dans le passé, le jeune Vincent faisait partie des commandos de l'armé. C'est là qu'il rencontra Michel. Au bout de deux ans de formation, Vincent rencontra sa femme Célia. Elle tomba enceinte rapidement et exigea de Vincent de quitter l'armé sans quoi elle ne lui permettrait pas d'élever leur futur enfant. Vincent accepta à regret. C'est à partir de ce moment que Vincent commença à avoir des comportements indignes vis-à-vis de Célia…

La diversion de Michel avait parfaitement fonctionné, Vincent était introuvable. Il comptait rejoindre Vincent lorsque la voie serait libre. Deux jours auparavant il avait concocté quelques petites surprises en cas de traque… Michel, lui s'était caché dans un buisson en attendant que la « magie » opère !

Plusieurs heures après le début des recherches, Jules ainsi que tous les hommes qui recherchaient nos deux fugitifs, commençaient à perdre espoir de les retrouver. Il faisait nuit noire et le chant des hiboux et d'autres animaux nocturnes se faisait entendre. Soudain, un hurlement d'outre tombe glaça le sang de Jules.

— Bon sang de bois, je pense que je me suis cassé les deux jambes, cria Cyril du GIGN.

Le cri se fit entendre à des kilomètres à la

ronde. Michel jubilait tout en se frottant les mains !

— Allô commandant nous avons un homme à terre, Cyril est tombé dans un trou très profond et s'est brisé les deux jambes. C'est un piège, Vincent et son complice sont bien préparés.

Jules n'eut pas le temps de répondre que de nouveaux cris retentirent ! C'était au tour de Curtis et d'un autre gendarme de se faire prendre au piège.

— Commandant, je suis là-haut pendu par les pieds ! Descendez-moi tout de suite de là, ma cheville est sortie de son axe !

— Je vous envoie un gars pour vous décrocher tenez bon.

— Allô commandant je pense que nous sommes à un kilomètre de votre position, nous avons Fabien à terre, il est inconscient, mais il respire. C'est délirant il vient de se prendre un tronc d'arbre en plein ventre. Il a une plaie ouverte et nous faisons un point de compression pour stopper l'hémorragie. Nous appelons les secours tout de suite.

— Nous avons d'autres blessés aussi, donnez-moi vos coordonnées GPS, je m'occupe de contacter les secours !

Jules appela une fois de plus le SAMU. Cette fois-ci l'intervention serait compliquée, la route la plus proche était à deux kilomètres environ et le cas d'un des hommes était très préoccupant. La difficulté serait de rejoindre au plus vite les blessés à trois endroits différents.

Rapidement, le SAMU arriva sur place avec trois équipes munies chacune d'un sac de secours, et d'une civière pour rapatrier les blessés. Ils se dispatchèrent pour vite les retrouver, le temps était compté et les chemins difficiles d'accès.

Pour Curtis et Cyril qui avait les jambes cassées, le sauvetage se déroula sans problème. Par contre pour Fabien à qui on fit un point de compréhension, le Samu le trouva en arrêt cardio-respiratoire ! Pendant qu'un médecin s'occupait de poser un gros pansement compressif, un autre commençait le massage cardiaque puis alternait avec le défibrillateur. Au bout de cinq minutes le cœur repartait pour un tour. Il fut rapatrié sans encombre à l'hôpital pour être directement opéré.

Jules pensait que cela commençait à faire beaucoup d'émotions en une seule journée pour ses collègues ! Il prit à contre-cœur la décision de stopper les recherches pour cette nuit. Les frontières, gares et aéroport étaient d'ores et déjà prévenus que deux fugitifs circulaient en toute impunité dans la nature.

Malgré les difficultés, tous ces gendarmes avaient gardé la tête haute durant toute la journée. Certains avaient éprouvé de la crainte lorsque Michel s'était mis à leur tirer dessus, et d'autres de l'humiliation lorsqu'ils étaient bêtement tombés dans les pièges de Michel.

Jules prit sa radio pour signaler la fin des recherches à tous.

— Ici le commandant, nous stoppons cette mission qui devient trop périlleuse. Regagnez tous vos véhicules et faites attention, nous ne savons pas combien de pièges Vincent et son complice ont posés ! On se retrouve tous en contre-bas dans quelques minutes, bon courage à tous.

Après vingt minutes, tout le monde réussit à regagner son véhicule.

— Merci pour votre aide, rentrez tous chez vous pour essayer de vous reposer et de vous remettre de vos émotions. Pour ceux qui souhaitent prendre quelques jours de repos faites-le-moi savoir. Pour les autres soyez demain matin à huit heures tapantes à la brigade. Vous vous doutez que nous avons beaucoup de travail qui nous attend. Déclara Jules.

Simon, qui faisait partie de la brigade, prit la parole :

— Merci pour votre bravoure commandant, vous avez quand même sauvé David, nous n'avons pas tous un brevet de secouriste. Vous avez également su diriger cette opération avec beaucoup de sang-froid.

— Merci Simon, je n'aurais pas pu supporter de perdre l'un d'entre vous une fois de plus. Deux hommes sont morts cette semaine à cause de ce gang qui voulait m'atteindre. Leurs familles ont subi un traumatisme qui ne guérira pas complètement. Chacun d'entre vous a été touché par cette tragédie. Alors mieux vaut choisir d'être prudent.

Sur le chemin du retour, Jules se repassait en boucle tous les évènements de la journée, certains de ses collègues auraient pu perdre la vie. Jules était couvert de sang à cause du garrot qu'il avait posé à David. Il fallait absolument qu'il se change et qu'il prenne une douche avant de rentrer à son domicile, sinon ses filles seraient terrifiées. Jules était un homme prévoyant et avait fort heureusement une tenue de rechange à la gendarmerie…

Quand il arriva une heure plus tard à la maison, ses filles l'attendaient devant un dessin animé en mangeant des pop-corn. Veiller aussi tard pour leur si jeune âge restait exceptionnel.

— Coucou Myriam, comment allez-vous mes chéries ?

— Bien, ne t'inquiète pas. Et toi ?

— J'ai bien le droit de m'inquiéter après les évènements qui ont eu lieu. Comment s'est passée ta journée ?

— Ce matin Lia et Lucie ont confectionné des roses des sables et un gratin de courgette.

Juste après la sieste, elles ont fait de beaux dessins aux couleurs de l'arc-en-ciel. Nous avons également récolté quelques légumes dans le potager, tu aurais dû les voir elles riaient aux éclats.

— J'aurai tant aimé les voir je t'assure, merci de si bien t'en occuper, je t'aime si fort. Pour répondre à ta première question, je viens de passer une journée pleine de rebondissements digne d'un bon film policier…

— Mon pauvre, te connaissant je suis certaine que tu as su gérer la situation.

— J'ai fait au mieux, mais merci pour ton souci. N'en parlons plus, le travail reste en dehors de la maison. Je préfère me focaliser sur vous mes beautés.

— Je comprends, tes filles ont hâte de te parler, reprit Myriam.

Lia accouru pour faire un câlin à son père.

— Ça va papa d'amour ? On t'a fait des roses des sables. S'exclama Lucie.

— Merci ma puce, c'est gentil. Dis donc, maman m'a dit tout ce que vous avez fait aujourd'hui, c'est impressionnant. Qu'est-ce-que je suis fier de vous deux. J'aimerais les goutter tout de suite je suis affamé.

Lucie partie en courant chercher les roses des sables qui étaient au frigo.

— Tiens mon papa, ouvre grand ta bouche, attention c'est froid !

— Miam, c'est drôlement bon mes puces, vous êtes de grandes cheffes cuisinières.

Les filles étaient tellement contentes que cela plaise à Jules qu'elles sautaient de joie tout en chantant « papa aime les roses des sables ». C'était une scène émouvante de simplicité et d'innocence. Les deux petites filles ne se souciant pas du monde extérieur, pour faire place à un monde de joie et d'amour. Les enfants ont une capacité étonnante à occulter la violence, malheureusement dans certains cas les traumatismes resurgissent si cela n'est pas pris en charge rapidement.

Les séances chez le pédopsychiatre aideraient manifestement Lia et Lucie à apprendre à gérer leurs craintes et à comprendre pourquoi des hommes armés avaient voulu les tuer. Elles auraient de ce fait plus de chances de se développer normalement.

Lia cherchait désespérément l'attention de son père

— Papa Lia veut te parler, dit Lucie.

— Papa, moi aussi je suis fière de toi. Demain attrape bien les gros méchants, comme cela tu rentreras plus tôt. Tu nous manques.

— Tu es mignonne, répondit Jules avec les larmes aux yeux. Vous aussi vous me manquez quand je suis au travail. Votre film est fini, je vais venir vous coucher dans cinq minutes et vous lire une histoire.

Jules passa un bon moment en présence de ses petites princesses. La tradition chez la famille Drumond est de revêtir un déguisement qui correspond au livre ! Ce soir l'histoire était la belle au bois dormant, et Jules joua le jeu en revêtant une robe de princesse. Myriam s'empressa de le prendre en photo pour l'envoyer à ses parents, pour montrer combien Jules était un papa poule !

— Bonne nuit papa, crièrent en chœur Lia et Lucie.

Jules était vraiment heureux d'avoir une

aussi gentille famille. Ses filles étaient vraiment mignonnes au quotidien, cela restait tout de mêmes des enfants qui de temps à autre pouvaient se chamailler ! Pour l'instant elles étaient très jeunes, l'adolescence serait une autre histoire…

Myriam avait comme à son habitude gardé un bon repas au chaud pour Jules. Il l'engloutit et alla se coucher d'épuisement.

Myriam était un peu déçue que Jules aille dormir sans qu'ils puissent passer un peu de temps ensemble. Elle éprouvait de la solitude de temps à autre surtout lorsque ses filles étaient au lit, mais elle n'arrivait pas à communiquer avec Jules à ce propos. Elle ne voulait surtout pas donner plus de soucis à son mari ou devenir le centre du monde.

6. Le 11 août 2020.

Durant toute la nuit Jules eut un sommeil très agité, il revivait en boucle cette journée interminable et horrible ou tant de gendarmes furent blessés. Il se réveilla en sursaut et en criant, c'était le réveil qui se déclenchait

— Ah ! Où suis-je Myriam ?

— Mince, tu m'as fait peur, tu es à la maison Jules ! Calme-toi, tu vas réveiller les filles !

— Oh zut je suis vraiment désolé ma puce, j'ai passé une nuit horrible !

— Oui je sais, dans ton sommeil tu hurlais après un certain Vincent ! Tu m'as poussé hors du lit en me donnant un gros coup de pied aux fesses !

— Pardon je suis une brute ! Notre journée d'hier a été un peu compliquée, d'ordinaire je ne veux pas en parler mais plusieurs de mes collègues ont été gravement blessés, un par balle, l'autre éventré par un tronc d'arbre. Ils ont dû subir une opération en urgence, d'autres sont tombés dans des pièges sordides

— Ah quelle horreur, je suis désolée pour toi et ton équipe mon chéri, et psychologiquement comment te sens-tu ? Demanda Myriam.

— Je t'avouerais que je ne vais pas très bien ce matin. De toute façon, avec les événements qui ont eu lieu ces derniers jours, je vais avoir droit au psychologue de la gendarmerie

— Ce n'est peut-être pas plus mal, tu ne crois pas ? Depuis la mort de ton binôme tu enchaînes avec les prises d'otage, les meurtres en tous genres…

— Je sais Myriam, dit Jules sur un ton un peu blasé, en même temps cela fait partie de mon métier et j'aime sincèrement ce que je fais. On peut dire que je suis passionné et je veux pouvoir faire en sorte que justice soit rendue pour toutes les familles des victimes.

— Je connais ton grand cœur Jules, mais tu sacrifies le bonheur de ta famille pour ces gens et je me sens délaissée surtout depuis que ce Pablo s'en est pris à nos filles. Cette scène tourne en boucle durant la nuit et je suis terrifiée.

— Viens dans mes bras mon ange. Myriam fondit en larmes. On a subi un traumatisme important et la thérapie va bien nous aider. Et pour ce qui est du travail, je vais boucler cette enquête au plus vite et nous partirons pendant un mois en vacances c'est promis. Je déléguerai le boulot aux collègues !

— Je suis stupide, je vais prendre sur moi et aller de l'avant. Dit-elle en séchant ses larmes.

— Ne dis pas ça Myriam, personne ne te demande de prendre sur toi tu m'entends. On va gérer cette crise ensemble et main dans la main. Tu es si gentille et je ne veux pas que tu t'oublies pour moi, chaque membre de cette famille est important.

— Merci Jules, je vais faire de mon mieux jusqu'à la fin de ton enquête. Je te prépare un petit déjeuner pendant que tu t'habilles et après il faut que tu fonces au travail.

— C'est d'accord merci, mais on va en reparler dès que possible…

Myriam était d'une extrême patience mais à la fois très sensible. Cependant, elle était dotée d'un certain talent pour la cuisine. En à peine cinq minutes les gaufres étaient cuites, son astuce était de préparer la pâte la veille au soir. Les œufs aux bacons ne demandaient qu'à être dégustés et le jus d'orange pressé bu.

Jules arriva dans la cuisine avec les yeux écarquillés.

— Tu es une magicienne ma chérie, quel festin de roi ! Avec ce petit déjeuner de champion je vais assurer au travail.

— J'espère bien, sourit-elle.

Jules pris le temps de déjeuner avec Myriam et les filles, et partit à contre-cœur. Il culpabilisait par rapport au mal-être de sa femme.

Pendant ce temps, Vincent et son complice Michel couraient toujours dans la nature. Après une nuit inconfortable, ils décidèrent de vite reprendre la route pour rejoindre un ami peu recommandable et prêt à tout pour de l'argent. Cet ami, nommé Albert, vivait à quatre kilomètres en contre-bas de la forêt, isolé dans une petite clairière.

— Alors t'as bien dormi, Vincent ? Demanda Michel qui était à son habitude un peu bourru !

— On a réussi à semer la gendarmerie ! Alors oui j'ai bien dormi, dit-il en rigolant. On avale un truc rapidement et on rejoint Albert au plus vite. Dit-il sur un ton directif.

— OK ça me va. Plus vite on part et plus on aura de chance d'atteindre la frontière espagnole. On s'est bien marré hier, c'était comme au bon vieux temps !

— C'est clair, dommage qu'on ait pas eu de grenade assourdissante, ça aurait été plus drôle... On est vieux, mais on a de la ressource. Fit remarquer Michel.

— Enfin, si Albert Maures n'avait pas été là, tu aurais eu un peu de mal à mettre en place les pièges vieux vantard !

— Ouais peut-être bien. Rétorqua Michel en bougonnant.

Vincent et Michel marchèrent pendant environ une heure avant d'atteindre la maison d'Albert. Ils ne furent pas mécontents d'arriver

— Ah enfin vous êtes là c'est pas trop tôt ! Fit remarquer Albert.

— J'aurais bien aimé te voir à notre place, on avait plus d'une vingtaine d'hommes à nos trousses et on a réussi à leur échapper ! Si tu avais vu, plusieurs ont fini à l'hôpital, il y a eu un défilé de médecins urgentistes pour évacuer les blessés. Pendant tout ce temps nous étions cachés, c'était assez drôle à voir.

— J'ai entendu plusieurs tirs venant de plus haut, et là je me suis dit : « ils sont morts et je n'aurais pas ma part du gâteau ». Reprit Albert.

— On a réussi notre coup, donc tu as cinq cent mille euros comme prévu.

— Non je suis pas d'accord, et les indemnités de retard t'en fais quoi hein ? J'en veux huit cent mille maintenant sinon je tue ton rejeton compris ?

— T'énerves pas c'est d'accord, après tout tu le mérites bien, sans toi nous n'aurions pas réussi notre coup ! Rétorqua Vincent.

— Justement j'en fais quoi de ton fils Fernand maintenant que l'on a l'argent ? Demanda Albert.

— Tu peux le tuer, il ne me sert plus à rien, j'ai obtenu tout ce que je voulais et il ne manquera à personne crois-moi ! Je suis sa seule famille ! ria Vincent.

— Mais non, tu te débrouilles avec ton fils, ce n'était pas prévu au programme que je le zigouille. Tu n'as qu'à le faire toi-même. Tu n'es qu'un monstre, qui peut vouloir la mort de son propre fils ? Tu as la trouille de le faire toi-même c'est ça hein !

— J'ai mes raisons, rétorqua Vincent.

Michel arriva tout doucement derrière Albert et plaça son arme contre sa tempe !

— Pauvre imbécile, fais ce que Vincent te demande ou bien je te fais taire à tout jamais.

— C'est bon calme-toi et baisse ton arme, je m'en occupe vous pouvez partir tranquille. Capitula Albert.

— Sage décision, rétorqua Michel.

— Bon assez perdu de temps Albert, quelle est la suite du programme ? Demanda Vincent.

— Je vous ai préparé un sac à dos remplis de provisions, avec une tente et des sacs de couchages. Vous trouverez aussi l'itinéraire pour atteindre la frontière, vous n'avez que quinze kilomètre à parcourir. Vous y serez tout au plus dans un jour, un ami à moi, Rodriguez vous attendra dans le refuge indiqué sur la carte. Je vais le prévenir que vous aurez un jour de retard, il vous expliquera la suite pour que vous puissiez atteindre la Grèce dans trois mois.

— Je te préviens Albert, pas d'entourloupe avec Fernand. Tu ne le relâches surtout pas, si la gendarmerie met la main sur lui on tombera tous c'est compris ! Il s'empresserait de tous nous vendre, et puis il en sait beaucoup trop. Au pire, si tu ne veux pas le tuer, garde le prisonnier dans ta cave. Déclara Vincent en ricanant.

Vincent et Michel partirent sereinement pensant qu'Albert ferait en sorte de faire disparaître Fernand ! Mais Albert avait un tout autre plan…

Une demi-heure après le départ de ses truands, Albert prit quelques dispositions, il se dirigea vers la cave où était détenu Fernand pour le délivrer. Il ne comptait pas le faire souffrir, il avait par le passé commis quelques larcins mais n'avait jamais franchi l'étape de tuer ou de garder un homme captif. Ce qu'il s'apprêtait à faire le conduirait sûrement en prison ! Il avait eu une sorte de déclic en voyant le regard diabolique de Vincent, et s'était donné pour mission de le stopper avant qu'il ne fasse plus de mal.

— Comment vas-tu Fernand ? Je t'ai fait un plateau repas, il faut que tu manges un petit peu.

— Ma fiancée vient d'être assassinée par mon propre père, il m'enlève dans la foulée et tout à l'heure j'ai entendu malgré moi que tu devais me tuer ! Alors pourquoi veux-tu que je mange, cela n'a aucun sens finissons-en une fois pour toutes !

Albert fut effrayé par ce qu'il venait d'entendre. Vincent venait de tuer une pauvre innocente. Cela le motiva d'autant plus pour mettre à exécution son plan.

— Allez monte à la cuisine avec moi pour manger, il faut que tu prennes des forces avant que l'on parte, je veux te libérer. Je suis sincèrement désolée pour ta fiancée. Je t'assure que je ne me doutais pas une seconde que ton père était un tueur, si je l'avais su je n'aurais même pas essayé de l'aider à voler ces deux millions d'euros. Rien que d'y penser cela me donne la chair de poule ! Quelle ordure ton père, je vais te sortir de là ne t'inquiètes pas. Je me suis fait manipuler comme un bleu !

— Il y a très longtemps que je ne le considère plus comme mon père. Déclara Fernand avec un goût amer dans la bouche !

— Ne t'inquiète pas, je vais personnellement m'assurer qu'il croupisse en prison jusqu'à la fin de ses jours ! Ton père c'est comme de la veille carne, il est increvable, et crois-moi il ne va pas s'en sortir indemne. Je l'ai envoyé tout droit dans un piège dont il ne pourra pas s'échapper. Et puis Michel a l'air d'être de la même trempe que ton père, il était prêt à me tuer ! Cela ne m'étonnerait pas qu'il ait un casier judiciaire bien rempli celui-là.

Fernand baissait un peu sa garde, il accorda sa confiance à Albert.

— Je veux bien te faire confiance, je suis peut-être naïf, tu me parais sincère mais quel est ton plan ?

— C'est tout simple, dans un premier temps, je vais t'amener à la gendarmerie pour que tu sois protégé de ton père. Tu pourras mettre au clair le meurtre de ta fiancée. J'expliquerai mon rôle dans ton enlèvement et la préparation des pièges dans la forêt qui ont envoyé des gendarmes à l'hôpital ! Je compte assumer chacun de mes actes, je préfère la prison que de mourir de la main de ton père. Je veux me racheter pour le mal que j'ai pu commettre durant ma vie.

— En ce qui concerne ton père et Michel, ils doivent rejoindre l'Espagne et y vivre un petit moment pour se faire oublier de la gendarmerie française. Leur projet par la suite est de s'enfuir en Grèce. Malheureusement pour eux j'ai contacté la police qui va les cueillir dès leur arrivée avec la complicité de mon ami Rodriguez.

— Je suis d'accord allons-y, mon père doit-être loin maintenant. J'ai hâte de pouvoir enfin parler à la gendarmerie, j'aurai dû le faire depuis des années

— Laisse-moi une petite minute le temps d'aller chercher mes clefs de voiture dans la pièce d'à côté.

Malheureusement Vincent et Michel n'avaient pas perdu une miette de la discussion. Vincent avait pressenti qu'Albert pouvait lui causer de gros ennuis, alors pour s'en assurer, il s'était caché derrière la maison tel un chasseur attendant sa proie...

Michel et Vincent surgirent dans la maison et menacèrent Fernand...

— Tu croyais aller où petit ? Tu mourras ici et pas plus tard que maintenant !

Albert avait prétexté aller chercher ses clefs de voiture, mais en réalité il avait remarqué en regardant par la fenêtre une ombre suspecte qui oscillait de temps à autre. Il sortit donc à pas de loup par la porte-fenêtre de sa chambre, fit le tour de la maison et pointa son arme.

— Si vous lui faites du mal, je vous abats sur le champ ! Vous allez vous retourner doucement.

Michel tenta d'abattre Albert. En une fraction de seconde Fernand l'assomma à l'aide d'une casserole, qui par chance se trouvait juste à côté de lui. Vincent était resté immobile.

— Fernand, attache-les vite avant que Michel ne se réveille ! Il y a de la corde dans le tiroir sous l'évier. Ordonna Albert !

Fernand attacha du mieux qu'il put son père

et Michel. Puis il tenta d'obtenir des réponses aux questions qu'il se posait depuis tout jeune.

— Papa, je ne comprendrai jamais pourquoi tu ne m'aimes pas ? Demanda Fernand

— C'est à cause de ta mère, elle t'a toujours fait passer avant moi ! Tu n'étais pas encore né qu'elle menaça de me quitter et de t'emmener avec elle si je n'abandonnais pas l'armée. J'adorais mon travail. J'ai donc quitté l'armée à regret. J'ai ensuite enchaîné les boulots minables pour vous faire vivre. Plus le temps passait et plus elle n'en avait que pour toi. Elle a fini par avoir honte de moi. J'avais tout sacrifié pour elle et je n'avais aucune reconnaissance de sa part !

— Ce n'est pas vrai, si c'était le cas elle t'aurait quitté et ce serait enfui loin de toi ! Au lieu de ça, elle est restée à tes côtés, elle a supporté tous tes excès. Maman t'aimait, elle était même sous ton emprise. Celle que tu m'as enlevée lorsque j'avais seulement dix ans. Et toi, tu nous maltraitais sans cesse.

— Ne dis pas de bêtises Fernand, ta mère a fini par t'abandonner, car elle te voyait comme un boulet, pauvre fou !

— Tu connais aussi bien que moi la vérité papa, tout est de ta faute et maintenant tu vas payer.

— Je ne sais même de quoi tu parles…

— J'ai tout vu le soir où maman est soi-disant partie ! En fait, elle est toujours chez nous.

Vincent fut pris de panique, il boucha ses oreilles tout en ayant des mouvements de balance.

— Mais tais-toi abruti, ne dis plus rien par pitié tu me rends fou !

— Il est temps de déterrer le passé et c'est le moins que l'on puisse dire. Fernand serra les dents.

— Je suis prêt à parler. Je pense qu'avec les révélations que je m'apprête à faire, tu finiras tes jours en prison. Jusqu'à maintenant, tu te faisais passer pour un homme honnête et gentil, c'est bel est bien fini ! Cela fait trop longtemps que je me rends complice de tes mauvaises actions, je suis désormais prêt à parler et à me libérer de ton emprise. Je vais enfin assumer mes actes. Déclara Albert.

Vincent était dans un état second et n'entendait plus ce que Fernand lui disait, du moins c'est ce qu'il voulait faire croire pour que tout le monde le prenne pour un fou. C'était un homme calculateur, avec lui rien n'était fait au hasard.

Fernand ne croyait pas du tout à sa comédie, il en avait souffert toute sa vie. Il s'empressa de contacter la gendarmerie.

— Allô, je m'appelle Fernand Bernard et cela fait plusieurs jours que je suis détenu par mon père Vincent Bernard et Michel Robert. Grâce à l'aide d'Albert Maures, nous avons pu les piéger et les ligoter. Venez vite ce cauchemar doit enfin s'arrêter.

— Attendez une seconde je vous passe le commandant Jules Drumond, je n'y comprends pas grand-chose. Rétorqua un gendarme un peu largué

Jules n'en croyait pas ses oreilles, c'était inespéré, Vincent et ses complices servis sur un plateau d'argent.

— Allô Fernand, ici le commandant

Drumond, cela fait plusieurs jours que nous sommes à votre recherche, où vous trouvez-vous ?

— Nous sommes chez Albert Maures, en contre-bas de la forêt où vous étiez hier, je vous envoie l'adresse.

— Vous vous doutez que vous allez être interrogé ? Il y a plusieurs zones d'ombre dans cette affaire.

— J'ai effectivement plusieurs révélations à vous faire.

— Ne bougez surtout pas Fernand, nous arrivons d'ici quelques minutes.

— Ne vous inquiétez pas je serai là, je ne voudrais surtout pas que mon père s'échappe. Je vous demanderai d'être indulgent à propos d'Albert Maures, un des complices de mon père, c'est grâce à lui que je suis libre et vivant.

— Nous en tiendrons compte lors de son interrogatoire avec le juge d'instruction.

Jules ne réalisait pas ce qu'il venait d'entendre, c'était du pain béni ! De nombreux gendarmes s'étaient déplacés à la brigade malgré l'invitation de Jules à rester chez eux pour se reposer. Jules prit le temps d'expliquer la situation. De nombreux soupirs de soulagement se firent entendre.

— Votre attention, s'il vous plaît. J'ai besoin de dix personnes pour m'aider à interpeller Vincent Bernard et ses complices. Fernand est considéré comme un danger potentiel tant que je n'aurais pas entendu sa version. Je vous demanderais d'être donc prudent lors de l'interpellation, nous en avons assez bavé hier.

Une équipe de dix gendarmes répondirent à l'appel et s'empressèrent de partir avec Jules. Lorsqu'ils arrivèrent au domicile de Albert Maures, Vincent et Michel étaient attachés à une chaise et criait au complot ! Jules fut ulcéré par leur comportement.

— Vous êtes tous en état d'arrestation pour avoir séquestré Fernand Bernard, volé l'argent des saisies du tribunal et d'avoir attenté à la vie de plusieurs gendarmes. Vous avez le droit à un avocat

— Je n'ai rien fait cria Vincent, c'est mon fils Fernand qui a tout orchestré. Il nous a menacé de mort, nous n'avions pas le choix.

Fernand, qui avait déjà assez souffert, interrompit son père.

— Tu n'es qu'un vulgaire fumier, tu oses encore mentir après tous ces meurtres.

— Ne le croyez pas mon fils est un menteur et j'en ai la preuve, il a tué sa mère et je sais où est le corps, je l'ai vu l'enterrer.

— Papa ça devient ridicule, je n'avais que dix ans, comment aurais-je pu enterrer maman ? Tu veux me coller son meurtre sur le dos alors que c'est toi qui l'a commis !

Jules était perdu et ne savait plus qui croire, il prit donc la décision de mettre tous le monde en garde à vue !

— Bon allez ça suffit, embarquez-moi tout ce beau monde au poste.

Fernand ne comprenait pas ce revirement de situation et commençait à être angoissé.

— Si j'étais coupable commandant je ne vous aurais pas contacté, tout de même je ne suis pas bête à ce point. Cria Fernand.

— Nous verrons cela lors de la garde à vue, vous aurez tous le temps de nous expliquer votre histoire. Allez calmez-vous maintenant !

— C'est un vrai cauchemar, vous ne croyez pas que j'ai assez souffert à cause de mon géniteur et cela depuis tout petit ? Il n'a jamais été un père pour moi…

— Allez ça suffit Fernand, montez dans la voiture. Ordonna Jules.

Pendant le trajet, Jules appela le procureur John Prentis pour lui raconter les prouesses de Vincent et Michel survenues la veille. Celui-ci hallucina face aux révélations de Jules.

— Commandant Drumond, avez-vous des nouvelles des deux gendarmes qui ont dû subir une opération ?

— Oui, heureusement Fabien et David sont hors de dangers mais vont devoir rester encore quelques jours à l'hôpital. Pour Curtis et Cyril ils s'en sortent avec des plâtres et quelques jours de convalescence à domicile.

— Bon tant mieux, je suis rassuré, j'irai voir chacun d'entre eux à l'hôpital. Je ferai en sorte qu'ils soient décorés pour leur bravoure.

— Merci, leur famille sera honorée. Je voulais vous prévenir que nous venons de procéder à l'arrestation de Vincent et de son fils

Fernand, ainsi que ses deux complices. Raconta Jules.

— Alors là je ne comprends rien, qui est fautif dans cette affaire ?

— Mon instinct me dit que Fernand est innocent pour le meurtre de Pauline, et que Vincent cache beaucoup de choses. Cela reste à déterminer lors des gardes à vue. Il clame son innocence par rapport à l'enlèvement de Fernand, il dit que celui-ci a tout inventé.

— C'est un peu perturbant tout de même. S'exclama John Prentis.

— Oui surtout que chacun accuse l'autre du meurtre de Célia Bernard.

— Vous me collez ses deux lascars en garde à vue pendant au moins quarante-huit heures. Je vous fais confiance, vous bouclerez cette affaire dans la plus grande discrétion.

— Je ferai de mon mieux, n'oubliez-pas que les journalistes m'attendent au tournant.

— Oui je le sais bien, ils font leur travail comme tout le monde. Dans tous les cas, le ou les coupables risquent d'être déférés devant le Juge d'instruction. Affirma le procureur.

— Mon petit doigt me dit que nous allons bientôt découvrir la personne qui est à l'origine de ces nombreux meurtres qui durent depuis plusieurs années.

— Je vous le souhaite commandant. Les villageois de Villefranche-de-Conflent ont bien assez souffert !

— Merci et bonne journée monsieur le Procureur.

— Pendant tout le trajet, Jules se demandait quelle tactique adopter pour faire ressortir la vérité de la bouche des truands. Le mobile restait plus ou moins flou à son esprit.

Une fois arrivé au poste de gendarmerie, Jules décida d'interroger Vincent Bernard en premier. Il prit une grande respiration pour se donner du courage.

— Vincent Bernard, à compter de ce jour, vous êtes en garde à vue pour quarante-huit heures. Dans un premier temps, vous allez être interrogé par moi-même pour deux motifs. Mon collègue Bruno sera également présent. Le premier motif étant le vol de deux millions d'euros, et le deuxième motif celui de l'enlèvement de votre fils. Il est vingt heures trente, cet interrogatoire sera filmé. Il est dans votre intérêt de parler, Maître Gilbert Lopez vous a été commis d'office. Si vous avez d'ores et déjà un avocat vous êtes en droit de le contacter.

— J'en ai pas besoin des toutes les manières, je suis innocent.

— Je ne sais pas dans quel monde vous vivez, il va falloir vous réveiller. Dans un deuxième temps, reprit Jules, vous allez être déféré au parquet au terme de la garde à vue, pour être présenté devant le procureur de la République pour le premier motif et peut-être le deuxième. Vous irez au bon vouloir du Magistrat en comparution immédiate. Bref, joli programme qu'en pensez-vous ?

Vincent répondit à Jules avec une certaine amertume…

— Vous êtes content de m'avoir coincé hein ? Vous me harcelez depuis le début, si j'ai volé cet argent c'est pour partir loin de votre présence. Je vous préviens, si je sors de cette garde à vue, je m'occuperai personnellement de votre petite famille chérie. Nous sommes voisins ce sera plus facile pour moi de les chopper pendant leur sommeil !

— Dans votre intérêt, taisez-vous Monsieur Bernard, vous allez aggraver votre cas. Vous ne pouvez pas proférer des menaces à l'encontre de qui que ce soit. Déclara Gilbert Lopez.

Jules tapa violemment du poing sur la table pour intimider Vincent.

— Alors là mon gars, on est parti sur de très mauvaises bases, j'ai été plus que patient avec toi depuis plusieurs jours maintenant. Tu crois que tu me fais peur papy avec tes menaces de pacotille ? Toi et tes complices allez prendre quelques années de prison pour vol de toutes les manières, et peut-être pour enlèvement ! Tu nous as bien fait courir en plus, tu as pris un malin plaisir à faire déplacer le GIGN pour rien et un hélicoptère de la gendarmerie ! Rétorqua Jules.

Vincent se mit à rigoler juste pour faire sortir Jules de ses gonds.

— On se tutoie maintenant ? T'as vu, j'ai la forme pour mon âge, t'en as mis du temps pour

249/280

me trouver. Tu n'étais pas dans tes meilleurs jours mon pauvre. T'as à peine quarante ans et déjà à bout de souffle ! Tu ne vas pas faire long feu dans la gendarmerie mon petit. Répondit Vincent sur un ton provocateur !

— Je ne te permets pas de me tutoyer, les gens de ton espèce on ne les respecte pas ! Tu clamais ton innocence il y a à peine deux minutes et maintenant tu te vantes de nous avoir fait courir.

— Commandant pouvez-vous commencer l'interrogatoire plus sérieusement s'il vous plaît, je ne tiens pas à rester toute la nuit pour arbitrer vos chamailleries. Intervint Gilbert Lopez.

— Cela dépendra uniquement des réponses de votre client Maître !

— Surtout que je n'ai pas très envie de vous répondre. Interrompit Vincent.

— Pourtant il va bien falloir que tu me répondes si tu veux voir ta peine s'alléger un petit peu. Je peux aussi te mettre tous les torts sur le dos si tu veux et relâcher tes complices, c'est toi qui vois. Moi, j'ai tout mon temps. Et je vais d'ailleurs me commander une grosse pizza et la déguster devant toi gros malin. S'exclama Jules.

— Moi aussi je veux manger, cette petite chasse à l'homme m'a ouvert l'appétit. Je connais la loi, vous devez me nourrir en garde à vue sinon je ne parlerai pas compris Monsieur le commandant ! Ordonna Vincent.

L'avocat de Vincent interrompit la conversation pour demander une faveur au commandant.

— Commandant Drumond, puis-je m'entretenir seul avec mon client un petit moment ? Nous avons une petite mise au point à faire, nous ne nous sommes pas bien compris.

— Entendu, mais je vous laisse cinq minutes, nous ne sommes qu'au début de l'interrogatoire.

— Est-ce-que vous pourriez couper la caméra s'il vous plaît ? Demanda l'avocat.

— Oui, je le fais tout de suite.

Maître Gilbert Lopez avait besoin de faire comprendre à Vincent qu'il risquait de perdre un allègement de peine s'il ne voulait pas coopérer.

— Mais à quoi vous jouez Monsieur Bernard ? Mettons carte sur table, les faits que l'on vous reproche sont extrêmement graves. Pour le premier vous avez été pris la main dans le sac et pour le deuxième c'est à déterminer. Il faut que vous lui parliez du rôle qu'ont eu vos complices dans cette affaire, sinon vous allez prendre pour eux durant de nombreuses années !

— Vous m'ennuyez Maître…

— Je vais vous donner un premier avertissement car rien ne m'oblige à vous aider. Soit vous me parlez, soit je m'en vais tout de suite et vous vous trouverez un autre avocat compris ?

Vincent comprit qu'il y avait des limites à ne pas dépasser et que son avocat était prêt à le laisser en plan.

— Calmez-vous je vais parler d'accord, si vous me laissez tomber je ne suis pas sûr de trouver un autre avocat et je n'ai pas l'argent.

— Bien, on va pouvoir avancer un peu. Y a-t-il des choses que je dois savoir à propos de votre fils Fernand ? Demanda Maître Lopez.

— Non je n'ai rien à vous dire à propos de mon rejeton de fils !

— Je ne pourrais pas vous aider si vous ne m'en parlez pas…

Jules arriva dans la salle d'interrogatoire et interrompit la conversation.

— Les cinq minutes sont passées. J'ai même eu le temps d'aller chercher des pizzas pour tout le monde avec des boissons. Prends ça pour un traitement de faveur, dans d'autres gendarmeries tu aurais juste une bouteille d'eau avec un sandwich triangle jambon beurre bien dégoûtant.

— C'est normal mince j'ai soixante-dix ans passés, vous me devez le respect ! D'ailleurs je ne répondrai à vos questions que si vous baissez un peu le ton jeune homme.

Jules était en colère, il commençait à perdre patience intérieurement. Il pensait que Vincent avait un profil psychologique très particulier, et qu'il n'y avait rien d'étonnant que Fernand soit soigné depuis des années par un psychiatre. Le pauvre garçon avait dû vivre un enfer en présence d'un tel père.

— J'hallucine, tu ne vas pas m'apprendre à faire mon métier en plus ! Stop on arrête de rigoler maintenant, passons aux choses sérieuses. C'est le moment pour toi de te mettre à table, comment s'appelle ton complice ?

— Il s'appelle Michel Robert.

— Eh bien voilà, c'était si difficile ? Ton avocat t'as certainement mis la pression pour que tu veuilles bien cracher le morceau. Quel rôle a-t-il eu dans la préparation de cette demande de rançon ?

— C'est Michel Robert le cerveau. On s'est vu dans un bar le jour ou le procureur John Prentis a fait son communiqué à la télévision à propos de mon fils, il disait que Fernand était recherché, un truc dans le genre. Après un ou deux verres de whisky, Michel m'a proposé d'inventer cette histoire de rançon pour que l'on devienne riches ! Il savait très bien que je ne voyais plus mon fils depuis des années, bref je me suis dit pourquoi pas, on va tuer personne. Plus jeune, Michel faisait partie des commandos de l'armée. Il a préparé un campement dans la forêt il y a deux jours et l'on devait rejoindre la frontière espagnole au plus tard dans deux jours.

— Donc si je comprends bien, Michel est à l'origine de cette mascarade ? Je crois que tu es quelqu'un de très intelligent et que tu nous mènes en bateau depuis le début. À t'entendre tu n'es qu'une pauvre victime. Bientôt tu vas me dire qu'il t'a menacé de mort ?

— Non je n'irai pas jusque-là ! Par contre l'enlèvement de Fernand est son idée et celle d'Albert Maures.

— Et voilà tu recommences, tu as une fâcheuse manie d'accuser les autres, je trouve que c'est un peu facile. Est-ce que tu peux m'expliquer comment tu t'es retrouvé ligoté avec Michel par ton fils alors ?

— Oui c'est simple, Albert a proposé à Fernand de l'argent s'il l'aidait à nous piéger.

— C'est un peu simple à mon goût ! Tu te fiches de moi ?

— Non, je ne dis que la vérité commandant, vous voyez le mal partout cela doit être de la déformation professionnelle.

Maître Gilbert Lopez intervint pour inciter Vincent à dire la Vérité.

— Vincent, rappelez-vous ce dont nous avons parlé, coopérez à cent pour cent pour que votre peine soit allégée un maximum !

— Mais c'est ce que je fais, je ne sais pas pourquoi vous doutez autant de moi !

Jules profita de l'occasion pour faire sortir Vincent de sa zone de confort.

— Parce que tu es un ignoble menteur, tu changes de version toutes les deux minutes depuis que nous nous connaissons. J'ai fait ma petite enquête sur toi ces derniers jours et j'ai découvert que tu n'as jamais cessé de voir ton fils. Pour la plupart des parents des fiancées de Fernand, ils se souviennent avoir entendu parler de toi.

— En bien j'espère. Ricana Vincent.

— Fais le malin tant que tu le peux. On a leurs témoignages. Tu débarquais n'importe quand chez Fernand, tu regardais ces pauvres filles avec insistance. Quelque-chose en toi les mettait mal à l'aise. Apparemment tu les suivais lorsqu'elles faisaient leurs marchés.

— Il n'y a rien de mal à cela à ce que je sache ?

— Tu as également été vu par une voisine de Fernand. Elle a remarqué tes intrusions répétées chez Fernand lorsqu'il n'était pas à son domicile. Et en particulier ces derniers jours, quelle coïncidence tu ne trouves pas ?

— Et de quelle coïncidence parlez-vous, vos explications sont incompréhensibles.

— Des indices ont été prélevés par un individu sur les scènes de crimes de Pauline, Julie et Émilie, et cachés ensuite dans l'appartement de ton fils pour lui coller tous les meurtres sur le dos. Nous pensons que cette personne c'est toi !

— Croyez ce que vous voulez ce n'est pas moi, vous me prenez pour un tueur en série ou quoi ? Quel serait le mobile de ces crimes crapuleux ? Je suis trop vieux pour ça, je vous mets d'ailleurs au défi de le prouver et cela risque d'être très amusant.

— Ne t'inquiète pas cela va arriver plus vite que tu le penses. Je crois que les interrogatoires de ton fils et de tes complices vont être très instructifs. J'en ai fini avec toi pour le moment, tu vas passer quelque temps en cellule pour réfléchir en mangeant ta pizza !

— Bon courage pour trouver quelque chose contre moi commandant Drumond. Dit-il en ricanant.

Jules avait le sentiment de progresser, ce n'était plus qu'une question d'heures avant que Vincent ne craque et avoue. Le procureur ayant donné son autorisation pour perquisitionner le domicile de Vincent, Jules y envoya une équipe pour trouver des indices compromettants. Il espérait aussi en apprendre davantage de la bouche de Fernand.

Jules demanda à Bruno de faire entrer Michel Robert dans la salle d'interrogatoire. L'entretien prendrait moins de temps que pour Vincent…

— À compter de ce jour, Michel Robert vous êtes en garde à vue pendant quarante-huit heures, vous allez être interrogé par moi le commandant Drumond et mon collègue Bruno qui sera à mes côtés. Le premier motif étant le vol de deux millions d'euros, et le deuxième motif celui de l'enlèvement de Fernand Bernard. Il est vingt et une heures trente, cet interrogatoire sera filmé. Il est dans votre intérêt de parler, Maître Louis Dupont commis d'office vous représentera. Si vous avez d'ores et déjà un avocat vous êtes en droit de le contacter.

— Je n'ai pas besoin d'avocat, je veux passer aux aveux tout de suite.

— Je vous conseille de le garder, il pourra vous aiguiller pour avoir moins de charges retenues contre vous, compte-tenu de votre coopération. Conseilla Bruno.

— C'est d'accord à condition que l'on en finisse le plus vite possible.

— Bien nous vous écoutons alors ! Fit remarquer Jules.

— Il y a plusieurs années de cela Vincent et moi faisions partie des commandos de l'armée. Un jour, lors d'une mission confidentielle, il me sauva la vie d'une façon héroïque ! Il quitta l'armée soudainement et sans explication, j'avais entendu dire qu'il allait être papa et qu'il voulait trouver un autre travail pour être mieux payé. J'étais plutôt déçu de perdre un aussi bon compagnon d'armes. Puis quarante ans plus tard, il retrouva ma trace du côté de Marseille où je coulais une retraite paisible. C'était pas plus tard que la semaine dernière, le 2 août précisément.

— Êtes-vous bien certain de la date ?

— Ah oui, j'ai encore toute ma tête commandant. Il est venu me proposer de mettre sur pied l'enlèvement de son fils, il ne m'a pas vraiment laissé le choix en me reparlant de la fois où il m'avait sauvé la vie. Depuis tout ce temps où je lui étais redevable, je ne pouvais pas refuser. Il y avait beaucoup d'argent à la clé ! Il m'a expliqué qu'un ami à lui, Albert donc, nous aiderait à séquestrer son fils le temps que nous récupérions l'argent et qu'il nous aiderait à préparer les pièges dans la forêt.

Jules l'interrompit, Furieux.

— Vous rendez-vous compte que deux gendarmes aurait pu perdre la vie hier ? Vous risquez d'être inculpé pour homicide volontaire.

— Oui j'en ai conscience, après coup je

regrette, j'étais bêtement motivé par l'argent et puis on revivait des moments passés à l'armée !

— Continuez, que s'est-il passé ensuite ?

— Nous devions rejoindre Albert pour lui refiler une partie du butin et partir pour l'Espagne quelque temps pour nous faire oublier, le plan était de rejoindre la Grèce par la suite. Sans aucune raison Vincent demanda à Albert de tuer Fernand !

— Et que répondit Albert ?

— Qu'il n'était pas un tueur et qu'il refusait de le faire. Je ne sais pas ce qui m'a pris, je l'ai menacé et nous sommes partis pensant qu'il obéirait ! Vincent lui n'était pas dupe, il décida de se cacher juste derrière la maison pour voir si Fernand serait tué. Nous avons entendu qu'Albert voulait au contraire le libérer et se livrer par la suite à la gendarmerie. Il avait également prévenu les forces de l'ordre espagnole pour venir nous cueillir à la frontière. J'ai essayé de les en empêcher mais sur ce coup-là, Fernand a été plus rapide que moi en m'assommant. Et à mon réveil la gendarmerie était là et j'étais ligoté !

— Votre version de l'histoire est très intéressante mais ne concorde pas du tout avec celle de Vincent, cependant j'ai plutôt tendance à croire en la vôtre. Déclara Jules.

— Je suis curieux de savoir ce qu'il a dit pour sauver ses fesses celui-là ! Vociféra Michel.

— Vous allez visionner sa déclaration ce sera plus simple :

« Michel Robert est le cerveau. On s'est vu dans un bar le jour où le Procureur John Prentis a fait son communiqué à la télévision à propos de mon fils, il disait que Fernand était recherché un truc dans le genre. Après un ou deux verres de whisky, Michel m'a proposé d'inventer cette histoire de rançon pour que l'on devienne riche ! Il savait très bien que je ne voyais plus mon fils depuis des années, bref je me suis dit pourquoi pas on va tuer personne. Plus jeune Michel faisait partie des commandos de l'armée. Il a préparé un campement dans la forêt il y a deux jours et l'on devait rejoindre la frontière espagnole au plus tard dans deux jours. »

— La seule chose qui est vraie c'est la fin de son récit, quelle ordure ! Mais quel était son but ? C'est dingue cette histoire.

— Le plus dingue c'est que vous ayez accepté de le suivre. En attendant je vais vous remettre en cellule afin de tirer votre histoire au clair. Vous avez fait le bon choix d'avouer, un gardien vous servira à manger en cellule.

Michel s'adressa à son avocat Maître Louis Dupont.

— Maître, vous allez m'aider dites ?

— Je ne peux rien vous garantir malheureusement.

Michel partit tout de même avec la conscience plus légère. Il savait pertinemment qu'il passerait un moment derrière les barreaux.

Quant à Jules, il jubilait, la possibilité que Vincent ait tué Pauline devenait réelle. Il manquait tout de même le mobile.

Jules s'adressa à Bruno pour parler de ce qu'ils venaient d'entendre.

— Tu sais à quoi je pense Bruno ? Que Vincent a orchestré la mort de Pauline et l'enlèvement de Fernand en se préparant longtemps avant, mais pourquoi ? Cela devient rageant, si on met bout à bout tous les éléments en notre possession, Vincent est au centre des problèmes quels qu'ils soient.

— Ce n'est pas faux commandant, j'ai hâte d'entendre la version de Fernand, surtout que père et fils se sont accusés à tour de rôle du meurtre de Célia Bernard ! Intervint Bruno.

— Allez me chercher Fernand et Albert, je suis prêt à les entendre maintenant que j'ai eu la version de Vincent et Michel.

La vérité tant attendue devenait enfin palpable. Ce que Jules s'apprêtait à entendre dépasserait tous ce qu'il avait pu s'imaginer durant le déroulement de l'enquête.

Fernand et Albert entrèrent dans la salle en se demandant si les gendarmes allaient les prendre au sérieux…

— Asseyez-vous s'il vous plaît, cette conversation sera enregistrée pour les besoins de l'enquête, déclara Bruno.

— Nous venons d'auditionner Vincent et Michel, et tout porte à croire que Vincent a orchestré votre enlèvement. Déclara Jules.

Albert prit la parole pour en attester.

— Oui je le confirme, Vincent m'a contacté le 4 août de la semaine dernière pour me proposer de gagner beaucoup d'argent. On se connaissait depuis longtemps et il savait que j'étais friand de coups tordus. J'avais juste à préparer quelques pièges dans la forêt à deux kilomètres de ma maison, et à séquestrer Fernand l'histoire d'une semaine en attendant de récupérer l'argent. Par contre, je n'avais aucune idée de comment il allait s'y prendre pour se les procurer. Je sais simplement que Michel était au courant.

— Très bien cela confirme donc que Michel a dit la vérité. Fit remarquer Bruno.

— Je n'en doutais pas. Qu'est-ce-qui vous a décidé de vouloir aider Fernand ?

— Vincent m'a demandé de tuer son propre fils, comment peut-on en arriver là ? Je ne suis pas parfait, j'ai commis quelques larcins. Mais tuer quelqu'un, j'en suis incapable bon sang ! Et puis j'ai commencé à avoir peur quand Fernand m'a dit que son père avait tué sa fiancée, cela m'a encore plus motivé à le libérer et vous le ramener au poste. Et si j'ai bien entendu il aurait aussi tué Célia !

— Vous avez sauvé la vie de Fernand en prenant la décision de vous liguer contre Vincent et Michel. Pour cela nous fermerons les yeux sur votre implication dans son enlèvement. Fit remarquer Jules.

— Je suis reconnaissant que tu l'aies fait Albert, je n'avais plus goût à la vie et tu m'as redonné espoir merci.

Jules s'empressa de poser des questions précises à Fernand sur ce qu'il savait au sujet de la mort de Pauline et de sa mère…

— Pouvez-vous me confirmer que votre père a tué Pauline et votre mère ?

— Oui cette pourriture qui me sert de père l'a fait ! Répondit Fernand très ému.

— Prenez votre temps et remontez le plus loin possible dans vos souvenirs, j'ai pu parler au Dr Bichon qui vous suit au centre et il m'a convaincu de vous accorder le bénéfice du doute. Il vous aime énormément et je sais que vous souffrez depuis toujours à cause de votre père.

— La vie est parfois mal faite commandant, j'aurai tant aimé avoir le Dr Bichon comme père.

— Au final, il est là pour vous, il partage vos peines et vos joies et vous apprend à les gérer !

— C'est vrai, je ne l'avais pas vu sous cet angle. Je me souviens pour ainsi dire de toute ma petite enfance qui fut chaotique, rythmée par la violence qu'exerçait mon père sur ma mère et moi. Cette violence se traduisait par des coups et des privations alimentaires, mais aussi une privation du monde extérieur ! Pourtant ma mère prenait toujours soin de papa et de moi à la fois, en prenant des coups à ma place. C'était incompréhensible pour un jeune garçon !

— L'instinct maternel peut déplacer des montagnes, ma femme est une lionne quand quelqu'un veut du mal à nos filles. Rétorqua Jules.

— Malheureusement mon père ne m'a pas laissé le loisir de profiter longtemps de ma chère petite maman. Un soir, une dispute violente éclata dans la cuisine, maman courut dans le jardin pour s'enfuir. À l'époque, je n'avais que dix ans mais en regardant par la fenêtre, j'ai vu papa étrangler maman puis l'achever à coup de pierre au visage. J'ai occulté cette scène pendant dix années, puis à vingt ans ma mémoire est subitement revenue lorsque je suis tombé amoureux pour la première fois.

— Mon Dieu quelle horreur, j'étais loin d'imaginer que vous aviez subi une telle violence. Mais comment avez-vous réussi à le cacher au Dr Bichon ?

— J'ai caché beaucoup de choses à cause de la peur, et puis mon père a exercé un tel pouvoir de manipulation sur moi depuis tout petit. Sans le vouloir je me suis rendu coupable de ses meurtres en me taisant.

— Pour en revenir à votre mère, qu'a-t-il fait de son corps ? Je sais que ma question peut raviver de douloureux souvenir et j'en suis désolé.

— Mon père l'a tout simplement jetée au fond du puits qui se situe devant sa maison. Il s'en est débarrassé comme un vulgaire déchet que l'on met à la poubelle. Dit-il en pleurant.

— Voulez-vous que l'on fasse une petite pause Fernand ?

— Non je préfère continuer ! Depuis la mort de maman, quand papa tue une femme, j'ai l'impression qu'il revit en boucle le moment où il a assassiné maman ! Je suis même persuadée qu'il prend du plaisir à le faire. Je me demande s'il a été normal un jour, je l'ai toujours vu dans un état d'ébriété.

— Qu'essayez-vous de m'expliquer Fernand ? Votre père a tué combien de filles au juste ? Demanda Jules.

— À ma connaissance il en a assassiné, quatre, maman, Émilie, Julie et Pauline. Il m'a enlevé toutes les personnes que j'aimais.

— Comment le savez-vous ? Vous en a-t-il parlé ?

— Non il ne m'en a pas parlé, j'ai assisté à chacun de ses massacres et c'est pour cela que je suis suivi par le Dr Bichon. J'ai essayé de lui dire plus de cent fois que mon père était un meurtrier.

— Qu'est-ce qui vous a empêché de le dénoncer ?

— Papa m'a menacé à plusieurs reprises de me mettre sur le dos le meurtre de mes fiancées. Il disait que ce serait facile de le faire et qu'il connaissait du monde pour l'aider.

— Que s'est-il passé pour chacun des meurtres ? Demanda Bruno.

— À chaque fois que je tombais amoureux, Papa faisait une fixation sur ma fiancée et prenait un soin particulier à gâcher notre relation. Il la suivait, l'épiait et la mettait très mal à l'aise en ayant des regards provocateurs ! Il pouvait être parfois violent. Il s'introduisait chez nous quand il voulait. Ce harcèlement a commencé par Émilie juste après que j'explique au paternel que je l'avais vu tuer maman à dix ans. Un soir Émilie et moi contemplions les étoiles assis dans l'herbe non loin du refuge où elle travaillait, elle venait de passer une journée exténuante et tenait à avoir un moment seule en ma compagnie. Papa a surgi de nulle part. Il s'est jeté sur elle et l'a sauvagement étranglée en criant que c'était une mauvaise épouse. Une fois morte, il l'a défigurée à l'aide d'une pierre. Il a ensuite coupé une mèche de cheveux en guise de trophée. Enfin, il a déposé un collier de ma fabrication autour de son cou. Il criait, Célia, tu m'as tout pris ! Il faisait ça à chaque fois.

Jules l'interrompit, car il ne comprenait pas pourquoi Fernand ne s'était pas interposé.

— Mais pourquoi vous n'avez pas maîtrisé Vincent pour sauver Émilie ?

— Parce qu'il me menaçait d'une main avec une arme et de l'autre il l'étranglait. Dit-il en pleurant.

— Cela n'excuse pas votre manque de réaction, vous auriez dû tenter quelque chose bon sang. Cria Jules ulcéré.

— J'en étais incapable, tétanisé comme le soir de la mort de ma mère…

— Calmez-vous, je comprends mieux maintenant. Je suppose, compte-tenu des indices que nous avons recueillis sur les lieux des crimes, que Julie et Pauline ont été tuées de la même manière ?

— Oui l'histoire s'est répétée à chaque fois. Fernand pleurait, inconsolable.

— Vincent a mis à exécution ses menaces,

des photos de vos fiancées et des mèches de cheveux leurs appartenant ont été retrouvés à votre domicile pour vous incriminer. Ces indices compromettants étaient dans votre bureau derrière la bibliothèque.

— Mais quelle ordure, cela confirme qu'il est vraiment dingue !

— Votre père a déposé sept autres mèches de cheveux à votre domicile, nous pensons qu'il a tué de nombreuses femmes. L'ADN de ces cheveux ne correspond à aucune des femmes qui ont été retrouvées mortes ces dernières années. Compte-tenue de vos révélations je pense que Vincent a deux modes opératoires pour tuer. Le premier étant à l'image du meurtre de votre maman, à savoir enterrer ou cacher le corps pour qu'il ne soit pas retrouvé tout en le gardant près de lui. S'il a procédé différemment pour Émilie, Julie et Pauline, c'était dans le seul but de vous incriminer pour se venger de vous !

— Je ne demandais qu'à être aimé et mon père cherchait juste à me détruire…

— Nous allons stopper cet interrogatoire et

interroger Vincent à nouveau. Vous pourrez le voir et l'écouter derrière cette vitre teintée, je vous y autorise à titre exceptionnel.

Jules était abasourdi par toutes ses révélations. Il espérait pouvoir faire avouer Vincent à propos de ses femmes disparues !

Au même moment, la patrouille envoyée par Jules trouva dans le sous-sol de Vincent tout un sanctuaire avec une trentaine de photos de femmes prises après leur mort et vingt mèches de cheveux supplémentaires. Parmi ces photos, on pouvait reconnaître Célia, Émilie, Julie et Pauline. Il y avait aussi des écrans qui permettaient de surveiller Fernand à son domicile. Les gendarmes s'empressèrent de contacter Jules pour le tenir au courant de cette découverte macabre.

— Commandant, alors que faisons-nous maintenant ?

— Restez sur place, je me charge des autorisations pour venir creuser dans le jardin. Nous sommes quasiment certains d'y retrouver ces pauvres femmes. Il n'y a plus de doute on tient notre tueur en série, par contre je ne m'attendais pas à autant de victimes.

— C'est d'accord, commandant nous poursuivons nos investigations dans la maison, on ne sait jamais.

Pour Jules, les choses devenaient limpides. Il décida d'amener Fernand et Vincent dans leur maison familiale. Jules avait énormément de questions en suspens.

Une fois arrivé, Jules s'empressa de confronter Vincent à la réalité des preuves retrouvées.

— Vincent, sais-tu ce que l'on vient de trouver dans ton repaire ?

— Non, mais vous brûlez d'envie de me le dire !

— Des preuves qui vont t'envoyer en prison, et surtout tu ne pourras plus jamais faire de mal à qui que ce soit.

— Quoi que vous ayez trouvé commandant, ce n'est pas à moi. Répondit Vincent avec un aplomb hors du commun.

Fernand ne put s'empêcher de réagir à l'hypocrisie de son père.

— C'est fini pour toi papa, je viens d'avouer

tout ce que tu as fait à ceux que j'aimais.

— Tu n'attendais que ça, crevure ! Rétorqua Vincent en crachant.

Jules éprouvait une grande tristesse à l'égard de Fernand…

— Votre réaction en dit long sur votre culpabilité ! Arrêtez pour une fois de culpabiliser votre garçon, vous devriez plutôt être fier de lui. Cria Jules en colère.

— Jamais de la vie, il n'est rien pour moi ! Répondit Vincent.

— C'est fini, je viens seulement de me réveiller et je ne me laisserai plus atteindre par le venin qui sort de ta bouche. J'ai compris que tu étais malade et que tu avais besoin de soins appropriés. Dit posément Fernand.

Vincent fit mine de rien avoir entendu.

Jules voulait comprendre qui étaient ces filles sur les photos et d'où elles venaient. Il tenta de faire avouer Vincent à ce sujet.

— Avant que nous commencions à creuser dans votre jardin, dites-moi où vous avez enterré ces pauvres filles et d'où viennent-elles ? Sont-elles dans votre jardin ?

— Jamais de la vie vous m'entendez, débrouillez-vous !

— Donne-nous au moins un petit indice papa. Demanda Fernand.

Contre tout attente Vincent donna un indice.

— Cherchez des filles disparues qui viennent d'Espagne. Rétorqua Vincent.

— Si je comprends bien vous avez assassiné des touristes espagnoles ? Interrogea Jules.

— Oui vous en mettez du temps à comprendre commandant.

— Merci papa, de nombreuses familles attendent de connaître la vérité au sujet de leurs filles. Tu leur permets enfin de faire leur deuil ! Mais pourquoi as-tu fait cela, tu me dois au moins une explication.

— Je te l'ai dit c'est ta mère qui a tout gâché avant même que tu naisses ! Elle m'a fait quitter l'armée ou j'aimais tant y travailler. Elle avait soi-disant peur pour moi, des risques du métier et elle pensait que ce ne serait pas une vie pour toi d'avoir un père absent. Elle m'a menacé de me quitter et de t'élever seule si je n'obéissais pas. J'ai donc décidé de rester avec vous deux, je croyais à l'amour avant. Ta mère a tout de suite préféré passer du temps avec toi et a fini par me délaisser. J'ai bossé du mieux que je pouvais pour vous nourrir, ta mère n'était jamais satisfaite… Quand je tuais une fille c'est parce qu'elle ressemblait à ta mère. Ta mère vivait à travers chacune de ces filles.

— Que s'est-il passé le jour où tu as tué maman ?

— Nous nous sommes disputés comme toujours et elle m'a insulté d'ivrogne. C'était la goutte de trop. Il fallait qu'elle se taise, je ne pouvais plus l'entendre !

— Elle est bien dans le puits papa, je ne l'ai pas rêvé ?

— Oui elle est bien là, tu comprends il fallait qu'elle meure.

Vincent se tenait la tête en se balançant de haut en bas. Son esprit n'était plus présent…

Fernand éprouvait malgré tout de la tristesse pour son père. Il allait finir ses jours sous haute surveillance.

— Commandant, il faut que je vous explique un peu la vie que papa a eu étant petit, maman me l'a racontée lors de mes neuf ans pour que je comprenne un peu. Papa a eu une enfance malheureuse. Il est le dernier d'une fratrie de cinq. Son père était violent avec tous ses enfants à cause de l'alcool. Ma grand-mère a été tuée par grand-père devant tous ses enfants, et il les a menacés de les tuer s'il révélait ce grand secret !

— Je ne tolère pas ce que votre père a fait, mais je dois admettre que la vie ne lui a pas laissé beaucoup de chance d'être équilibré !

— Je ne vais pas le haïr, j'ai besoin de passer à autre chose. Dr Bichon et sa femme sont mes parents adoptifs en quelque sorte, et je vais construire de beaux souvenir avec eux. Je n'oublierai jamais ces quatre femmes qui ont su me rendre heureux, maman, Pauline Émilie et Julie.

— Vous pouvez briser cette chaîne de malheur qui vous relie à votre père et grand-père. Vous n'êtes pas eux, vous pouvez choisir la positivité et profiter de la vie.

— Merci pour tout commandant.

Vingt-six corps de femme furent retrouvés dans le jardin de Vincent. Jules devait maintenant travailler en étroite collaboration avec la police espagnole pour retrouver l'identité des victimes.

Vincent fut directement interné sous haute surveillance. L'absence de procès fut la seule déception pour les familles des victimes. Le procureur John Prentis prit le temps d'organiser une marche blanche en l'honneur de toutes ces femmes. Il en profita pour saluer Jules et toute son équipe pour leur dévouement.

Du fait de son aide à la libération de Fernand, aucune charge ne fut retenue contre Albert. Michel eut moins de chance. Ses tirs en direction des gendarmes, ses pièges et la complicité dans l'enlèvement de Fernand lui valurent d'être incarcéré de longues années en prison.

Pour Curtis et les autres gendarmes blessés, cette enquête éclaire ne fut rapidement plus qu'un lointain cauchemar. Le procureur s'arrangea pour que chacun soit décoré de la médaille d'honneur, de courage et de dévouement.

Quant à Jules, Myriam, Lia et Lucie, ils profitèrent largement du joli séjour promis par Curtis dans les thermes de Vernet-les-Bains, puis s'envolèrent parcourir les nombreux parcs d'attraction de Floride.

FIN

Printed in Great Britain
by Amazon

81553539R00159